dtv

»Ihre Arbeiten kannte ich seit Jahren; ich las sie zuweilen mit Ehrfurcht, oft mit Vergnügen, immer mit Gewinn und gelegentlich – warum sollte ich es verheimlichen? – auch mit Neid.« Hilde Spiel: Erzählerin, Kritikerin und Feuilletonistin, Übersetzerin und Reporterin, Filmautorin und Historikerin. Sie bestach mit bemerkenswerten Essays und virtuosen Kulturberichten, mit einer Prosa, der es nicht an Eleganz und Verve fehlt. Marcel Reich-Ranicki ist einer ihrer größten Bewunderer, wenngleich seine mit tiefem Respekt verbundene Freundschaft zu ihr nie den scharfen Blick des Kritikers trübt. – Eine kenntnisreiche Hommage an Hilde Spiel.

Marcel Reich-Ranicki, Professor, Dr. h. c. mult., geboren 1920 in Włocławek an der Weichsel, ist in Berlin aufgewachsen. Er war von 1960 bis 1973 ständiger Literaturkritiker der Wochenzeitung ›Die Zeit‹ und leitete von 1973 bis 1988 in der ›Frankfurter Allgemeinen Zeitung‹ die Redaktion für Literatur und literarisches Leben. 1968/69 lehrte er an amerikanischen Universitäten, 1971/75 Gastprofessor für Neue Deutsche Literatur an den Universitäten Stockholm und Uppsala, seit 1974 Honorarprofessor in Tübingen, 1991/92 Heinrich-Heine-Gastprofessur an der Universität Düsseldorf. Ehrendoktor der Universitäten in Uppsala, Augsburg, Bamberg und Düsseldorf.

Marcel Reich-Ranicki

Über Hilde Spiel

Deutscher Taschenbuch Verlag

Juli 1998
Deutscher Taschenbuch Verlag GmbH & Co. KG,
München

Umschlagkonzept: Balk & Brumshagen
Umschlagbild: © Barbara Klemm, Frankfurt
Satz: KCS GmbH, Buchholz/Hamburg
Gesetzt aus der Garamond 10/12· (QuarkXPress 3.31)
Druck und Bindung: C. H. Beck'sche Buchdruckerei,
Nördlingen
Gedruckt auf säurefreiem, chlorfrei gebleichtem Papier
Printed in Germany · ISBN 3-423-12530-6

Für Ulrich Weinzierl

Ganz vergessener Völker Müdigkeiten
Kann ich nicht abtun von meinen Lidern
Hugo von Hofmannsthal

Ich habe mich im Grunde immer einem Wink,
der von außen kam und einsichtig war, gefügt.
Hilde Spiel

Inhalt

Wer hat Angst vor Hilde Spiel?

Liebstes Fräulein Angerer,

»eine kurze Stellungnahme zur österreichischen Literatur der Gegenwart« wird dringend benötigt? Nun gut, ich will mich nicht drücken. Den Ansatz zu einer »Stellungnahme« sollen Sie wenigstens erhalten. Aber kurz wird es nicht werden. Ich muß Ihnen nämlich erst etwas erzählen.

Das Malheur begann im September 1962 in Berlin, am Kurfürstendamm, auf der Bühne der »Komödie«. Komisch war es trotzdem nicht, jedenfalls nicht für mich. Denn auf dieser Bühne begegnete ich zum ersten Mal Hilde Spiel. Ihre Arbeiten kannte ich seit Jahren; ich las sie zuweilen mit Ehrfurcht, oft mit Vergnügen, immer mit Gewinn und gelegentlich – warum sollte ich es verheimlichen? – auch mit Neid. Und ihr Buch ›Welt im Widerschein‹ hatte ich 1961 in der ›Welt‹ so besprochen, wie es besprochen zu werden verdient: also enthusiastisch.

Auf einer Bühne trafen wir uns. Nein, nicht in einem Stück traten wir auf, vielmehr nahmen wir an einer jener mehr oder weniger improvisierten und meist ganz amüsanten Darbietungen teil, in denen Literaten sich selber spielen: an einer öffentlichen Diskussion, einer Podiumsdiskussion. Das seien immer etwas unseriöse Angelegenheiten? Nun ja, gewiß, aber Sie kennen doch das sanfte Wort eines Weisen: »Wir spielen immer, wer es weiß, ist klug.«

Apropos Schnitzler: er eben war Anlaß des durchaus nicht geplanten Zusammenstoßes. Wir diskutierten eifrig über den modernen Roman. Die heutigen deutschsprachigen Schriftsteller seien meist – bedauerte ich – nicht sonderlich unterhaltsam, es fehle die anspruchsvolle Unterhaltungsliteratur, die es früher einmal gegeben habe. Ich nannte einige hehre Vorbilder – unter anderen auch Arthur Schnitzler. Da wars um mich geschehen. Denn nun bekam ich es von Hilde Spiel zu hören: Das sei geradezu ein Skandal, Schnitzler mit einem Begriff wie »Unterhaltung« zu assoziieren; man habe es doch mit einem der Größten des Jahrhunderts zu tun, mit einem Schriftsteller vom Range zumindest eines Thomas Mann.

Jetzt erst begriff ich es: Ich hatte mich ahnungslos und frevelhaft erkühnt, Österreichs Nationalehre anzutasten. Die patriotische und dennoch charmante Sachwalterin Austriens ließ meine demütigen und eifrigen Beteuerungen, daß ich Schnitzler seit meiner Kindheit verehre, nicht gelten. Ich versuchte zu erklären, daß ein Roman meiner Ansicht nach unterhaltsam sein müsse und ein nicht unterhaltsamer Roman so etwas sei wie, mit Verlaub, ein stinkendes Parfüm. Also etwas, was seinen Zweck nicht erfüllt. Aber, ach, alles war vergeblich. Temperamentvoll und leidenschaftlich plädierte Österreichs Sachwalterin gegen mich. Ich saß auf der Anklagebank. Und hatte Angst vor Hilde Spiel.

Was wird hier passieren – fragte ich mich –, wenn die erzürnte Rednerin das in der »Komödie« versammelte Volk von Berlin auffordert, mich sofort, hier auf der Bühne, für die Verunglimpfung Österreichs exemplarisch zu züchtigen? Nein, ganz so schlimm ist es nicht gekommen, die Anklägerin ließ Gnade walten.

Anfang 1964 war ich in Wien. Inzwischen hatte ich verschiedene Artikel von Hilde Spiel gelesen, mit denen sich nun die ›Frankfurter Allgemeine Zeitung‹ schmücken darf und die zum besten gehören, das in diesem Blatt gedruckt wird. Da wir uns diesmal nicht auf einer Bühne trafen, sondern in einem Kaffeehaus, ging es weniger dramatisch zu. Es war sehr schön. Aber plötzlich hörte ich: »Warum haben Sie noch nie über Doderer geschrieben? Und was kennen Sie eigentlich von Doderer?« Ich wurde streng geprüft. Und sah mich wieder einmal auf der Anklagebank.

An beide Episoden wurde ich unlängst erinnert. Denn wo immer ich Beiträge von Hilde Spiel finden kann, studiere ich sie mit gebührender Aufmerksamkeit und wachsender Sympathie, ja mit Bewunderung, und so las ich auch ihren Artikel in der Züricher ›Weltwoche‹ vom 6. November 1964, in dem es heißt: »Trotzdem stimmt es bedenklich, daß viele begabte Österreicher beharrliche Auslandsösterreicher sind und man etwa Ingeborg Bachmann, der jüngsten Trägerin des Büchnerpreises, überall in Europa begegnen kann außer in der Hauptstadt ihres Vaterlandes.« Wieder hatte ich Angst vor Hilde Spiel. Obwohl es diesmal offenbar Ingeborg Bachmann war, die auf der Anklagebank saß.

Will etwa Hilde Spiel Österreichs schreibende Damen in der Herrengasse auf Vordermann bringen? Hat nicht jeder das Recht, dort zu leben, wo es ihm gerade paßt? Muß sich ein Künstler, ein Schriftsteller, der im Ausland wohnt, rechtfertigen? Darf man von ihm – und sei es auch auf die vornehmste und subtilste Weise – Rechenschaft erwarten oder gar fordern? Niemand, glaube ich, hat das Recht, den Schriftsteller zu fragen, warum er in Rom oder Berlin und nicht in Wien lebt – niemand, keine Organisation, kein Minister, kein Präsident, ja nicht einmal Hilde Spiel. Sie spricht vom »Vaterland«. Das ist ein großes, leider auch ein sehr gefährliches Wort. Gefährlich scheint es mir schon seit jenem Tag zu sein, da ein Dichter, leider ein Dichter, die verlogene Zeile schrieb: »Dulce et decorum est pro patria mori.« Wer heute »Vaterland« sagt, wird morgen, vielleicht, von »vaterlandslosen Gesellen« oder von »Vaterlandsverrätern« sprechen. Nein, Hilde Spiel wird es gewiß nicht tun. Aber andere Autoren?

Und in der ›Frankfurter Allgemeinen Zeitung‹ vom 2. Dezember 1964 finde ich eine – wie immer ausgezeichnete – Korrespondenz von Hilde Spiel mit dem Titel ›Wien ehrt Georg Trakl‹. Der letzte Satz lautet: »Hat man Schnitzler, Hofmannsthal, Rilke und Kafka längst an Deutschland verloren, so hält man nunmehr um so kräftiger fest, was von den großen Figuren des alten Österreichs dem neuen noch verblieb.« Hat Österreich diese Dichter verloren, weil ihre Werke bei S. Fischer oder im Insel Verlag erscheinen? Ist etwa der Ruhm Schnitzlers und Hofmannsthals in Deutschland gar als Verlust für Österreich zu buchen? Hat man auch Albert Paris Gütersloh an Deutschland verloren, weil er bei Piper in München publiziert wird?

Liebstes Fräulein Angerer, Sie sind wahrscheinlich schon sehr ungeduldig. Denn Sie wollten nicht eine Polemik gegen Hilde Spiel, sondern eine »Stellungnahme zu österreichischer Literatur der Gegenwart«. Indes: mit dem literarischen Leben in Wien, mit der österreichischen Literatur von heute geht es mir etwas ähnlich wie eben mit Hilde Spiel. Ich achte, schätze und bewundere sie. Doch habe ich letztens etwas Angst vor ihr. Der Patriotismus beunruhigt mich. Ich befürchte, daß es nur ein kleiner Schritt ist, der den Patriotismus vom Nationalismus trennt. Und wiederum ein kleiner Schritt, der vom Nationalismus zum Chauvinismus führt.

Übertreibe ich? Sehe ich Gespenster? Mag sein. Nur habe ich unlängst das Buch ›Reaktionen‹ von Herbert Eisenreich gelesen, den ich übrigens für einen vorzüglichen und immer noch unterschätzten Erzähler halte. In einem der Essays dieses Bandes meint Eisenreich, die Literatur in Österreich habe zur Zeit manche Schwächen, die auch für den Fußball charakteristisch seien: »Was dem österreichischen Fußball neuerdings fehlt, das sind nicht die Talente, sondern das ist das nationale Bewußtsein, das kritische Vertrauen in sich selbst.«

Seltsam. Was mich für die österreichischen Schriftsteller der Vergangenheit wie der Gegenwart am meisten einnimmt, das gerade scheint Eisenreich zu beanstanden. Ich liebe viele von ihnen, weil sie eben nicht mit Selbstvertrauen aufwarten, sondern mit Mißtrauen, weil sie eben keine Gewißheiten, sondern Zweifel bieten. Nationales Bewußtsein? Aber war nicht immer schon eine der sympathischsten Eigenschaften aller großen Dichter Österreichs ihre glücklicherweise unverbesserliche Neigung zum Internationalen und der erfrischende Mangel an nationalem Bewußtsein?

Eisenreich erklärt: »Wir sind aber fanatische Gegner der neuerdings in Österreich feststellbaren Tendenz, eigene Werte preiszugeben, um sich wahllos mit solchen von scheinbar größerer Anziehungskraft zu kostümieren.« Mit jenen, liebstes Fräulein Angerer, die sich »wahllos ... kostümieren«, kann ich mich abfinden. Aber Fanatiker fürchte ich.

An einer anderen Stelle der Abhandlung von Eisenreich heißt es: »In dieser Epoche der Selbsttäuschung das Wesen des Österreichischen treu zu bewahren, erscheint uns als konkrete Aufgabe der neuen Schriftsteller-Generation, ja als das Existenzproblem der österreichischen Literatur und des nationalen Geistes überhaupt.« Nein, halt, um Gottes willen, Freunde, nicht diese Töne ... Hier wird, meine ich, das Jahrhundert nicht in die Schranken gefordert, hier wird es einfach verwechselt.

Ein anderes Symptom: ein Wiener Schriftsteller fragte mich neulich nicht ohne Stolz, ob ich mir dessen bewußt sei, daß unter den Lektoren der bundesrepublikanischen Buchverlage der Prozentsatz der Österreicher besonders hoch sei. Nein, ich war mir dessen nicht bewußt. Und angesichts der Produktion der meisten Verlage in der Bundesrepublik Deutschland scheint es mir leichtsinnig zu sein, sich dieses Prozentsatzes zu rühmen. Vor allem aber: was ist das überhaupt für eine Fragestellung? Hat es die österreichische Kultur nötig, derartige Zählungen zu veranstalten und sich auf ihre Ergebnisse zu berufen?

In der Gesellschaft für Literatur in der Herrengasse zeigte mir Wolfgang Kraus eine Liste der österreichischen Schriftsteller. Es ist eine lange und stattliche Liste. Auch Autoren, die seit dreißig Jahren im Ausland leben und kaum noch in deutscher Sprache schreiben, hat man da sorgfältig registriert. Zeugt das nicht abermals von jenem nationalen Ehrgeiz, der mir völlig überflüssig zu sein scheint? Schriftsteller, die möglicherweise – wer kann das so genau wissen? – nur Halb- oder Viertelösterreicher sind, wurden von der Gesellschaft, wenn ich mich recht erinnere, auch berücksichtigt.

Das wäre übrigens, sollte es tatsächlich zutreffen, so übel wieder nicht. Denn es ist nicht ausgeschlossen, daß einer meiner Vorfahren aus dem k. u. k. Gebiet stammte. Könnten Sie sich vielleicht bei Wolfgang Kraus erkundigen, ob ich unter diesen Umständen eventuell Chancen hätte, in das Verzeichnis aufgenommen zu werden? Das wäre sehr schön – aber dürfte ich dann noch sagen, daß ich Schnitzler sehr liebe, doch Thomas Mann für den größeren halte?

Apropos Thomas Mann: ich habe noch das dringende Bedürfnis, Friedrich Torberg zu ärgern. Indes ist dieser Brief ohnehin sehr lang geworden, also werde ich es bei anderer Gelegenheit ausführlich tun. So verbleibe ich

mit einer tiefen Verbeugung und einem Handkuß

Ihr …

Wem sagen Sie das?

Daß es möglich ist, deutsch und dennoch klar zu schreiben, beweisen uns die Schriftsteller Österreichs seit über einem Jahrhundert. Die besten von ihnen liebten die Anmut mehr als den Tiefgang und hatten Charme genug, um auf die Gewichtigkeit verzichten zu können. Ihre Weisheit gab sich heiter, und ihre Heiterkeit war bitter. Doch bemühten sie sich stets, uns diese Bitterkeit recht schmackhaft zu machen. Jedenfalls verstand man sich dort auf die Kunst, die Einsicht in die Vergänglichkeit des Daseins in bestrickend freundlicher Form zu bieten und noch aus dem Lebensüberdruß wahre Meisterwerke der Liebenswürdigkeit zu schaffen.

Denn mochten diese Schriftsteller gern vor der Wirklichkeit fliehen – weltfremd waren sie in der Regel nicht: Sie konnten der Faszination, die von der Irrealität ausgeht, erliegen, ohne deshalb das Gespür für die Realitäten des Lebens – und auch des literarischen Lebens – einzubüßen. Zwar distanzierten sie sich oft von der Gegenwart, aber nie von dem Publikum; ja, sie fanden geradezu ein Vergnügen daran, ihm augenzwinkernd entgegenzukommen – gelegentlich so weit, daß sich strenge Kunstrichter veranlaßt sahen, sorgenvoll das Haupt zu schütteln.

Diese schöne Tradition spürt man noch jetzt in den Büchern österreichischer Autoren. Natürlich wird auch in Wien über die Literatur, wie sie vielleicht sein könnte oder müßte, viel spekuliert und gestritten, auch dort entwirft man verwegene Theorien und erprobt kühne Möglichkeiten. Doch unabhängig von diesen Erwägungen und Theorien und mitunter sogar im reizvollen Widerspruch zu ihnen scheint sich in Österreich die menschenfreundliche Ansicht bewahrt zu haben, daß, beispielsweise, Romane lesbar, Gedichte verständlich und Stücke spielbar sein sollten. In der Heimat Nestroys und Schnitzlers ist es heute ebenfalls nicht üblich, das Publikum zu vergessen.

Hilde Spiel ist Wienerin. Vieles, das auch die gegenwärtige österreichische Literatur so liebenswert macht, gilt zugleich für die Prosa dieser Autorin, vor allem für ihre immer bedenkenswerten Essays und ihre oft virtuosen Kulturberichte. Denn Hilde Spiel schreibt, zunächst einmal, mit beneidenswerter Klarheit und Präzision, ihr Stil ist ebenso anmutig wie natürlich, ihrer Prosa fehlt es weder an Temperament und Verve noch an Charme und Eleganz. Und dabei scheint alles ganz ohne Anstrengung entstanden zu sein.

Auch der Leser des Buches ›Lisas Zimmer‹ ahnt kaum, daß dieser entspannte und lockere Ton, der häufig lässig und flott klingt, das Werk harter Arbeit ist. Hier hat eine Schriftstellerin keine Mühe gescheut, damit wir es leicht haben. Was sie erreichen wollte, ist ihr in der Tat gelungen. ›Lisas Zimmer‹ erweist sich als ein niemals das Publikum ignorierendes, als ein vorzüglich lesbares Buch.

Der Romanautor jedoch, der sich entschließt, die Bedürfnisse und den Geschmack des Publikums in gewissen Grenzen zu berücksichtigen – und hierzu waren auch Balzac und Dostojewskij bereit –, muß sich Gedanken über eben dieses Publikum, seine Wünsche und Möglichkeiten machen.

Welche Leserschaft konnte Hilde Spiel im Sinne haben? Jedenfalls weder eine österreichische noch eine deutsche. Denn das Buch war ursprünglich englisch geschrieben und ist 1961 in London erschienen. Es sollte wohl, wenn mich nicht alles täuscht, den amerikanischen Markt erobern. Damit ließe sich zwar nichts rechtfertigen, doch immerhin erklären, wodurch manches, das in ›Lisas Zimmer‹ befremden muß, verursacht wurde.

Der Roman spielt, abgesehen vom einleitenden Kapitel, Ende der vierziger Jahre in New York. Die Ich-Erzählerin ist eine appetitliche und intelligente Lettin, die sich erst seit kurzem in den Vereinigten Staaten aufhält. Aus ihrer vorurteilslosen, etwas naiven und doch kritischen Sicht wird ein Milieu geschildert, von dem sie sich angezogen und zugleich abgestoßen fühlt und das allerdings mit Amerika nur wenig zu tun hat.

Denn die Frau, in deren Bann sie gerät, jene Lisa, auf die der Titel hinweist, ist eine Wienerin. Und die Menschen, die den mondänen Salon dieser Dame besuchen – meist Schriftsteller, Journalisten und Ärzte –, haben Europa ebenfalls erst vor einigen Jahren (mehr oder weniger freiwillig) verlassen und leben in Wirklichkeit weiter in ihrer alten Welt: »*Wir sind alle Gespenster und Außenseiter, Gefangene der Vergangenheit. Unser Leben ist zum Stillstand gekommen.*«

Also ein Buch über Emigranten, zumal Intellektuelle, über symptomatische Schicksale im zweiten Viertel unseres Jahrhunderts? Ja und nein.

Gewiß sind hier derartige Lebenswege gezeigt oder zumindest berichtet. Auch finden wir einige Porträts exilierter Schriftsteller, wobei sich meist leicht erkennen läßt, wer Hilde Spiel, ob er es wollte oder nicht, als Modell gedient hat. Eine in pamphletischer Absicht gezeichnete Schlüsselfigur weist übrigens einerseits so große Ähnlichkeit mit dem realen Vorbild auf und enthält andererseits so unzweifelhafte Verunglimpfungen, daß der Autorin der Vorwurf, sie habe die Grenzen des Zulässigen weit überschritten, nicht erspart werden kann.

Indes scheint das Exilmilieu, obwohl Hilde Spiel ihm viel Aufmerksamkeit widmet und ›Lisas Zimmer‹ seiner vorwiegend satirischen Darstellung manche Pikanterie verdankt, letztlich kaum mehr als ein Vorwand zu sein. Die *»abgetakelten Versager, wurmstichigen Vaterfiguren und zahnlosen Klapperschlangen, die sich gegenseitig aufzufressen versuchen«*, sollen den dahinsiechenden europäischen Geist symbolisieren, und ich befürchte, daß ein gewisser Teil des amerikanischen Publikums tatsächlich in dem Buch das wiedergefunden hat, was es sich unter Europa vorstellt.

Gleichviel, der *»Haufen nutzloser abgesplitterter Fragmente«* ist als Kontrastmilieu zu seiner neuen Umgebung gedacht. Denn Hilde Spiel geht es um das Europäische und das Amerikanische schlechthin und um die Begegnung dieser beiden Welten in der Mitte unseres Jahrhunderts.

Für diejenigen, die es vielleicht immer noch nicht

begriffen haben, läßt sie die Ich-Erzählerin am Ende ausplaudern, Lisa sei ihr *»zu einem fürchterlichen Inbegriff Europas geworden«*.

Diese Lisa aber ist eine nicht mehr ganz junge Lebedame – *»um sich eine Wolke schweren, herben Duftes, wirkte sie hinreißend und lasziv«* –, die wir meist in künstlicher Beleuchtung auf einem *»goldschimmernden Bett«* sehen. Sie bedient sich eines *»viereckigen, diamantumrandeten Einglases«*, ihr Zimmer (an der Wand ein Modigliani) riecht *»nach Parfüm, schalem Zigarettenrauch, verwelkten Blumen und benützten Laken«*. Um ihren Lebensunterhalt finanzieren zu können, veräußert sie Kunstschätze, die sie aus Rom mitgebracht hat. Schließlich stellt es sich heraus, daß sie todkrank und eine Morphinistin obendrein ist. Sie begeht Selbstmord.

Damit die Rechnung ganz und gar aufgeht, heiratet ihr Mann, ein unkomplizierter, kräftiger und sympathischer Amerikaner namens Jeff, die junge und gesunde Ich-Erzählerin, die mit dem alten Europa nichts zu tun haben will: *»Denn alles, was mir seit dem Tod meiner Eltern und dem Verlust meiner Heimat zugestoßen war, hatte mich auf unerfindliche Weise zu meinem Glück mit Jeff geführt. Der Seelenfrieden, den er mir gab, war das beste Geschenk meines neuen Lebens.«* An dieser Stelle glaubte ich den Marsch ›Unter dem Sternenbanner‹ zu hören, gespielt auf einer Wurlitzer-Orgel.

Auch jene Leser, denen an hochdramatischen Szenen mit großen Knalleffekten gelegen ist, bekommen einiges geboten: *»Erschöpft, hysterisch schluchzend, warf sie sich auf ihr Bett. Jeff, sprachlos vor Wut,* *blickte sich nach etwas um, woran er sich austoben konnte. Sein Auge fiel auf die grüne und goldene Porzellanlampe. Er stürzte darauf zu, hob sie auf und warf sie krachend zu Boden. Dann eilte er aus dem verdunkelten Zimmer und warf schallend die Tür hinter sich zu.«*

Bei welcher Prosa sind wir da eigentlich gelandet? Es wäre unhöflich, diese Frage zu beantworten. Aber ich wäre unredlich, wollte ich verschweigen, daß auch die zahlreichen Bemühungen, der Handlung einen konkreten zeitgeschichtlichen Hintergrund zu geben, nicht viel zu bewirken vermochten.

Die vielen berichtenden, meist sehr flüchtigen Passagen über politische und kulturelle Ereignisse, die häufigen Aufzählungen von damals aktuellen Theaterstücken und Filmtiteln erwecken den Eindruck, als würde hier ein Pflichtpensum absolviert. Was soll schon der Leser eines solchen Romans mit Auskünften etwa über die Situation der Partei von Henry Wallace anno 1948 anfangen, was mit dem Hinweis, daß an der Metropolitan-Opera eine ›Othello‹-Inszenierung mit Ramón Vinay und Licia Albanese im Spielplan war? Das sind nun doch nicht ausreichende Mittel, um die Atmosphäre einer Epoche oder einer Stadt zu vergegenwärtigen.

Natürlich weiß das eine so erfahrene Schriftstellerin wie Hilde Spiel. Vor einem besonders schlimmen Kapitel sagt beispielsweise die Ich-Erzählerin, es stünde jetzt ein Höhepunkt bevor, *»so an den Haaren herbeigezogen, daß kein irdischer Autor wagen würde, ihn anzuwenden«*. Und am Ende meint der fiktive Herausgeber in einem Nachwort, ob die Ich-

Erzählerin *»Lisas Bild ihren Lesern zur Gänze vermitteln konnte, sei dahingestellt«*. Solche Einsichten mögen für die Verfasserin von ›Lisas Zimmer‹ sprechen, ohne sie allerdings entlasten zu können.

Einen Trost freilich gibt es hier doch – und keinen geringen. Denn soweit auch Hilde Spiel diesmal jenem Publikum, das sich sonst um ihre Arbeiten nicht kümmert, entgegenkommen wollte, sowenig ist es ihr gelungen, sich selbst zu verleugnen.

Gewiß, alle Bemühungen, den Farben und Tönen und Gerüchen dieser Welt gerecht zu werden, blieben vergebens. Gewiß, die Gestalten sind entweder klischeehaft oder blaß oder, wie die exzentrische Salondame Lisa, dem Arsenal einer Literatur entnommen, die mit dem, was wir – natürlich auch Hilde Spiel – unter Literatur verstehen, nichts mehr gemein hat.

Aber in den Roman sind auch Impressionen und kleine Feuilletons eingebaut, gelegentliche Randbemerkungen und Miniaturbetrachtungen. Die Figuren geben oft zu allerlei Reflexionen Anlaß, in den Dialogen fallen hier und da Bonmots auf. Oder es werden, ohne die geringsten Umstände zu machen, die angeblichen Ansichten der Titelgestalt referiert.

Die Liebe, der Kommunismus, Wien, die zwanziger Jahre – das sind einige Themen dieser Abschnitte, die in ›Lisas Zimmer‹ zwar wie Fremdkörper wirken, doch zur Folge haben, daß die Lektüre trotz allem nicht langweilt. Bisweilen umfassen sie nur wenige Zeilen und zeigen gerade dann, wie groß Hilde Spiels Fähigkeit ist, komplizierte Zusammenhänge, kluge

Gedanken und gescheite Beobachtungen in ganz einfachen, unscheinbaren Sätzen auszudrücken.

Wissen Sie, wurde ich einmal in Wien gefragt, wie man bei uns den ›Don Carlos‹ spielt? Marquis Posa ruft mit Emphase: »Geben Sie Gedankenfreiheit!« Und Philipp antwortet ihm leise und wehmütig: »Wem sagen Sie das?« Auf alles, was gegen ihr Buch einzuwenden ist, könnte wohl Hilde Spiel wie König Philipp in dieser Anekdote erwidern.

Jedenfalls möchte sie von ›Lisas Zimmer‹ jetzt vermutlich abrücken, denn auf der letzten Seite des Romans findet sich die in der englischen Ausgabe noch nicht enthaltene Feststellung, *»daß ein Autor sich nicht immer mit seinen Büchern identifiziert«*. Für diesen diskreten und hier so notwendigen Hinweis sei Frau Hilde Spiel aufrichtig gedankt.

In den Lüften Europas

Leicht macht es uns die Autorin Hilde Spiel bestimmt nicht. Wer nämlich die doch notwendige Frage beantworten möchte, was sie denn eigentlich sei, und wer sich mit so allgemeinen Bezeichnungen wie »Schriftstellerin« oder »Journalistin« nicht begnügt, der gerät bald in Verlegenheit. Ist sie Kritikerin, Feuilletonistin, Übersetzerin, Reporterin, Essayistin, Erzählerin, Filmautorin, Historikerin? Jede dieser Vokabeln hat ihre Berechtigung; aber sie reichen nicht aus – weder einzeln noch alle zusammen. Nur fragt sich, ob unsere Ratlosigkeit gegen oder vielleicht für Hilde Spiel spricht. Im Vorwort zu ihrem Prosaband ›In meinem Garten schlendernd‹ beteuert sie mit treuherzigem Augenaufschlag, diese Auswahl sei »nicht allzu umfangreich und keineswegs anspruchsvoll. Was sie enthält, will wahrhaftig nicht ›belehren‹, nur manches ›beleuchten‹. Probleme, Konflikte, Doktrinen werden lediglich berührt, nicht durchdacht oder gar zu Ende gedacht.« Unter uns: Hiervon stimmt kein einziges Wort. Ja, selten hat Hilde Spiel in wenigen Zeilen soviel Falsches untergebracht. Was immer sie schreibt, ob Glossen oder Abhandlungen, ob Romane oder historische und biographische Schriften, sie hält es für ihre selbstverständliche Pflicht, den Sachverhalt, um den es geht, möglichst genau, doch ohne großes Aufheben zu referieren und ihren Lesern die erforderlichen Auskünfte zu erteilen. Aber indem sie referiert und informiert, belehrt sie uns zugleich. Diese Berichterstatterin ist stets auch eine Pädagogin, eine unaufdringliche und geradezu diskrete Erzieherin, die es nicht nötig hat, mit erhobenem Finger zu sprechen.

Doch wen will sie denn erziehen? Wie alle Essayisten und Feuilletonisten, wie alle guten Kritiker schreibt auch Hilde Spiel nicht für ihre Zunft, sondern für das Publikum, nicht für ihre Kollegen, sondern für die Leser. Das Fundament ihres Werks ist eine vielseitige, eine enorme Bildung. Aber dafür wollen wir sie gar nicht loben. Daß ein Pianist alle Klaviersonaten Beethovens und vielleicht noch das Gesamtwerk Chopins auswendig spielen kann, besagt noch nicht viel. Es kommt doch darauf an, *wie* er das alles spielt. So gibt es die Bildung in unserem Gewerbe sozusagen gratis. Entscheidend bleibt, welchen Gebrauch man von seinem Wissen macht. Wenn Hilde Spiel behauptet, in ihren Arbeiten würden Probleme und Doktrinen nicht durchdacht oder gar zu Ende gedacht, sondern nur berührt – so ist das eher kokett als richtig. Gewiß, sie werden meist nur berührt, oft nur mit wenigen Worten oder in kurzen Abschnitten skizziert, aber diese Knappheit und Leichtigkeit der Darstellung kann sie sich leisten, weil sie die behandelten Fragen sehr wohl durchdacht und eben auch zu Ende gedacht hat.

Nichts liegt ihr ferner, als mit ihrer Bildung aufzutrumpfen. Sie hütet sich, ihre Leser einzuschüchtern, und sie ist zu taktvoll, um sie zu beschämen. Ihre Arbeiten sind prägnant und präzis, doch nie pedantisch. Ihr Stil ist anmutig und anschaulich und nie

Hilde Spiel in England. Arbeit am Buch ›Flute and Drums‹.

anämisch. Viele ihrer Sätze bieten ungleich mehr als auf den ersten Blick erkennbar. Denn sie liebt den beiläufigen Verweis, die gelegentliche Bemerkung, den Wink mit dem Augenzwinkern – und hat es darin zu wahrer Meisterschaft gebracht: Das Interessanteste und Originellste findet sich in vielen ihrer Essays und Kritiken nicht in den Darlegungen, sondern in den Andeutungen, nicht in den Behauptungen, sondern in den Mutmaßungen. Und da sie wie nur wenige in unseren Tagen die Kunst beherrscht, schwierige Zusammenhänge und Gedanken über komplizierte ästhetische, historische und auch philosophische Phänomene in entspannter Prosa einsichtig und durchsichtig zu machen, da es ihr immer wieder gelingt, sogar über trockene Gegenstände anregend, ja beschwingt zu schreiben, sind wir gern bereit, uns von ihr unterrichten zu lassen und ihr zu folgen.

Ein Mißverständnis allerdings muß sie in Kauf nehmen: Hilde Spiels Aufsätze, die sich anspruchslos und unwissenschaftlich geben, sind in Wirklichkeit anspruchsvoll und können einer wissenschaftlichen Überprüfung sehr wohl standhalten. Da jedoch deren Lektüre keiner Mühe bedarf, meinen manche, sie seien auch ohne Mühe entstanden. Das Gegenteil ist der Fall: Sie gehört zu jenen nicht sehr zahlreichen Essayisten deutscher Zunge, die sich fortwährend anstrengen, damit sich die Leser nicht anzustrengen brauchen.

Dieser ehrenwerten Bemühung verdankt Hilde Spiel ein großes Publikum. Aber damit hat auch eine gewisse, höchst bedauerliche Fehleinschätzung ihrer

Arbeit zu tun. Es ist bezeichnend für die Misere unseres literarischen Lebens, daß man mit dem Erfolg und der Popularität eines Kritikers, eines Essayisten oft und gern die Minderwertigkeit oder zumindest die Fragwürdigkeit seiner Leistung beweisen möchte. Der Vorwurf, der gegen einen solchen Kritiker erhoben wird (und zwar meist von seinen weniger einflußreichen Kollegen), lautet dann: Er wird viel gelesen, weil er nur artikuliert, was das Publikum ohnehin denkt, und weil er sich überdies so ausdrückt, daß ihn jedermann gleich versteht – und das ist offenbar eine Erzsünde.

Da jedoch, wo immer noch der Befund Nietzsches gilt, daß viele Schriftsteller ihre Gewässer trüben, damit sie tief scheinen, da, wo der Satz Schopenhauers »Und doch ist nichts leichter, als so zu schreiben, daß kein Mensch es versteht« seine Aktualität nicht einbüßen will – in Deutschland also ist eine Autorin wie Hilde Spiel ein wahres Labsal. Denn auf sie treffen die Worte zu, mit denen sie einst Egon Friedell charakterisierte: »Egon Friedell schrieb für den gebildeten Leser, doch jeder versteht ihn, der den Willen dazu hat. Dies rührt daher, daß er niemals über den Kopf des Lesers hinwegsieht, sondern in Augenhöhe zu ihm redet – freilich in seiner eigenen, die beträchtlich war.« Ähnlich wie Friedell vermag Hilde Spiel, indem sie uns belehrt, uns auch noch zu unterhalten – und dies hat man ihr hier und da ebenfalls verübelt. Sie versteht sich auf die unnachahmliche, auf die bewundernswerte österreichische Kunst, die Einsicht in die Bitterkeit und in die Vergänglichkeit des Daseins auf charmante Weise und in be-

Capri 1936

strickend freundlicher Form zu bieten und noch aus dem Lebensüberdruß kleine Meisterwerke der Liebenswürdigkeit zu schaffen.

Ihre Berichte gehen unmerklich in Geschichten

und bisweilen in Anekdoten über, aber in ihren scheinbar unbeschwerten Geschichten und Anekdoten verbergen sich immer auch nüchterne Auseinandersetzungen mit der Epoche, mit der jeweils behandelten Zeit. Was als Feuilleton beginnt, erweist sich oft als Essay. Und was essayistisch anhebt, hat gleichwohl die Leichtigkeit des vorbildlichen Feuilletons. Ihre Gedichte, Nebenarbeiten allesamt, sind eher Skizzen in Versen, aber ihre schönsten Skizzen gleichen Gedichten in Prosa. In ihrer Publizistik spüren wir das Temperament einer Erzählerin, und in ihren Erzählungen und Romanen ist das Engagement der Journalistin so offenkundig wie die Intellektualität der Essayistin.

Dieses Zusammenspiel ästhetischer und gesellschaftlicher, historischer und kulturgeschichtlicher Kategorien und Kriterien, die in Hilde Spiels Schriften zu einer fugenlosen, zu einer ganz natürlichen Einheit zusammenfinden, hat freilich mit zwei Faktoren zu tun, die in allem, was sie veröffentlicht, zum Vorschein kommen – mit Liebe und mit dem Geist der Kritik. Das aber sind Elemente, die sich nicht nur gut miteinander vertragen, die sich vielmehr erst gegenseitig ermöglichen und bedingen. Hilde Spiels Kritik der Literatur, des Theaters, der bildenden Künste, der Gesellschaft, ja des Lebens schlechthin resultiert immer aus der Liebe zur Sache – auch und erst recht da, wo sie ablehnt oder verwirft. Und ihre Liebe zur Sache ist nie unkritisch – auch da nicht, wo sie rühmt und preist.

Ein glänzendes Beispiel dieser liebevollen Kritik und dieser kritischen Sympathie und zugleich der

Fähigkeit Hilde Spiels, Historisches auf anmutige Weise lebendig werden zu lassen, ist das Buch, das als ihr Hauptwerk gelten kann: die Biographie der Franziska Itzig aus Berlin, die als Fanny von Arnstein offenbar ganz Wien faszinierte, die Geschichte also der »skandalösen Preußin« und »schönen Hebräerin«, der deutschen Jüdin, die in Österreich triumphierte und die doch nicht aufhören konnte, Preußen zu lieben. Was in diesem so reichhaltigen Buch vor uns ausgebreitet wird, ist ungleich mehr als der Lebensweg einer außerordentlichen Frau, die hier zum Sinnbild der Emanzipation der Juden erhoben wird – es ist ein Stück österreichischer, jüdischer und preußischer und schließlich europäischer Geschichte und Kulturgeschichte. Dem vielgerühmten Werk Ricarda Huchs über den Dreißigjährigen Krieg steht die Monographie über Fanny von Arnstein keineswegs nach – und auch dieses Buch stammt, ähnlich wie jenes der Ricarda Huch, aus der Feder ebenso einer Chronistin wie einer Erzählerin.

Als Erzählerin bewährt sich Hilde Spiel vor allem in der Darstellung von signifikanten Alltäglichkeiten, sei es aus der Vergangenheit, sei es aus der Gegenwart. Ihren Romanen mag man viel vorwerfen, doch den Sinn für vielsagende Details wird ihnen niemand absprechen können. In ihrem zuerst in englischer Sprache geschriebenen und 1961 in London veröffentlichten Roman ›Lisas Zimmer‹, der erst später, 1965, in deutscher Fassung erschienen ist, findet sich eine Stelle, die diese Detailkunst Hilde Spiels gut belegt. Die unheroische Heldin dieses Romans ist kurz nach dem Zweiten Weltkrieg in Rom, wo sie irgendwelcher Verfehlungen wegen von einem freundlichen amerikanischen Offizier vernommen wird. Er bietet ihr eine Zigarette an: »Während ich mich bediente, blickte ich auf das Paket. Es waren Pall Mall. Auf dem roten Glanzpapier sah ich ein Wappen und die Worte In Hoc Signo Vinces. Es lag etwas Kühnes, so Hochfahrendes, so unendlich Schamloses und dennoch Entwaffnendes in der Idee, ein Zigarettenpaket mit diesen heiligen Worten des Abendlandes zu bedrucken, den Worten der Vision des Kaisers Konstantin, daß ich mich geschlagen gab. Hier kam die Neue Welt und trampelte auf dem erhabenen Erbe der alten mit einer blauäugigen Unschuld herum, der ich nicht widerstehen konnte.«

Anders als die Heldin dieses Romans kann seine Autorin sehr wohl widerstehen, sie gibt sich nicht geschlagen. In einer Zeit, in der die Kontinuität der geistigen Leistungen eher schwach ist und das Band, das uns mit der Vergangenheit verbindet, oft abzureißen droht, wird Hilde Spiel zur unermüdlichen Sachwalterin der kulturellen Überlieferung, die sie interpretiert und also vermittelt, die sie kritisiert und also am Leben erhält. Ja, sie beschäftigt sich immer wieder mit der Tradition, sie ist mit ihr im Bunde. Aber Hilde Spiels Rückgriff auf das Vergangene hat stets mit unserer unmittelbaren Gegenwart zu tun und bezieht von ihr seine Rechtfertigung. So wäre wohl ohne Auschwitz das Buch über Fanny von Arnstein kaum entstanden. Die Arbeiten über Moses Mendelssohn und andere Aufklärer, über William Blake und Lord Byron, über Katherine Mansfield und Virginia Woolf und natürlich auch über viele Österreicher, zumal über Hofmannsthal und Schnitzler, beweisen, daß Hilde Spiels Verhältnis zur Tradition nicht etwa von einer Art Bequemlichkeit herrührt und nichts mit geistiger Trägheit zu tun hat.

Sie gehört also nicht zu jenen, die das Vergangene genießen und rühmen, weil sie der heutigen Literatur oder Musik oder Malerei ausweichen möchten, weil sie das oft Schwierige und eben Unbequeme fürchten und sich vom Leibe halten wollen. Sie weiß sehr wohl, worauf es immer wieder ankommt – nämlich im Alten das Moderne zu entdecken und im angeblich Modernen das Antiquierte zu entlarven. Hilde Spiels Liebe zur Tradition hängt mit einem zentralen Erlebnis ihrer Jugend zusammen: Auch sie stand im Banne jenes genialen österreichischen Dichters, der ein unvergleichlicher Mittler zwischen den Kulturen vieler Epochen und auch vieler Länder war.

Natürlich spreche ich von Hugo von Hofmannsthal. Und wenn es hier in Wien einen von Hans Weigel ins Leben gerufenen Verein zur Abwehr der Überschätzung Hofmannsthals gibt – übrigens bin ich ganz ohne Verdienst und gegen meinen Willen zum Ehrenmitglied dieser Organisation ernannt worden –, so kann mich auch dies nicht hindern, einen anderen Verein zu gründen, nämlich zur Abwehr der Unterschätzung Hans Weigels. Die Schule Hofmannsthals ist den Schriften Hilde Spiels oft anzumerken. Die so offenkundige Freude am Wohlklang und an der Musikalität der Sprache, das Verlangen nach Grazie und Schönheit, die Sehnsucht, ja die Begierde nach Stil – das alles kommt von dem großen Ahnherrn.

Doch wie stark der Einfluß Hofmannsthals auch gewesen sein mag, sicher ist, daß die geistigen Wurzeln unserer Jubilarin zugleich und in vielleicht noch höherem Maße in einer erheblich früheren Epoche zu suchen sind. Erst kürzlich hat sich Hilde Spiel nachdrücklich und rückhaltlos zur Aufklärung bekannt und gegen den neuen Irrationalismus gewandt. Von dort kommt ihr Vertrauen zur ethischen Macht des Logos, ihr Glaube an die moralische Wirkung der Vernunft – und das sind Kategorien, auf die man in den deutschsprachigen Ländern in der Regel nicht gut zu sprechen ist.

So hartnäckig die Vorliebe für das Irrationale, das Dunkle und Geheimnisvolle – eine Vorliebe übrigens, von der nicht nur die Verse Paul Celans und die Prosastücke Günter Eichs profitieren, sondern auch die Dramen Becketts und sogar die Parabeln Kafkas –, so unverwüstlich ist seit den Tagen der Romantik die mehr oder weniger leise, doch stets unverkennbare Verachtung dessen, was man mit überlegenem Lächeln den »gesunden Menschenverstand« nennt. Wer ihn heute einem Kritiker, einem Essayisten bescheinigt oder, richtiger gesagt, anlastet, wird damit – und nichts kompromittiert unser literarisches Leben mehr als dies – seine angeblich engen, braven und hausbackenen Dimensionen denunzieren.

Hilde Spiel hat sich von dem Geschwätz der Irrationalisten nie beirren lassen. Aber eben weil sie eine Anhängerin der Vernunft und des gesunden Menschenverstandes ist, ließ sie sich nie zum Werkzeug einer Ideologie oder Schule degradieren. Auch ihr kann man jene »verantwortungsvolle Ungebundenheit« nachrühmen, die einst Thomas Mann Fontane, ebenfalls einem entschiedenen Anhänger des gesunden Menschenverstands, bescheinigt hat. Auch Hilde Spiel mißtraut den unanfechtbaren Wahrheiten. Daher ist der Ort ihrer Essays zwischen Wissen und Zweifel zu suchen: Sie verbinden die Einsichten in das Wesen der Phänomene mit dem Bewußtsein der Fragwürdigkeit ebendieser Einsichten.

Damit mag es zusammenhängen, daß Hilde Spiel meist dicht am Gegenstand ihrer Betrachtung bleibt und sich hütet, den Boden der Realien zu verlassen. Sie hat eine Schwäche für das Konkrete und das Überprüfbare. Sie schreibt mit der notwendigen Objektivität und mit der zulässigen Subjektivität. So gelingt es ihr, das Individuelle mit dem Allgemeinen zu verknüpfen und das eine im anderen sichtbar zu machen. Ihr Tagebuch ›Rückkehr nach Wien‹ ist eine persönliche Konfession und zugleich eine zeitgeschichtliche Dokumentation. In diesem 1969 erschienenen Buch gesteht Hilde Spiel: »Ich muß befürchten, daß mein Schwerpunkt irgendwo in den Lüften Europas liegt, in einer schwebenden Wolke über England, Österreich, Italien, Frankreich, abwechselnd angezogen und abgestoßen, ohne an diesem oder jenem Ort niederzugehen.« An einer anderen Stelle bezeichnet sie sich als »eine Europäerin auf der steten Suche nach der verbindenden Erläuterung, dem einenden Wort«.

Wer sich so ostentativ zu Europa bekennt, der tut es in der Regel nicht ganz freiwillig. Hilde Spiel hat über ein Vierteljahrhundert in London gelebt und dankbar auf den großen Einfluß verwiesen, den eng-

Hilde Spiel mit Ehemann Peter de Mendelssohn

lischer Geist und englischer Lebensstil auf ihre Entwicklung und ihre Mentalität ausgeübt haben. Nicht jedem ist es gegeben, zwei Kulturen so gründlich kennenzulernen und von beiden das jeweils Beste für sich zu nehmen und zu adaptieren. Ob freilich der so Beschenkte beneidenswert ist, sei dahingestellt. Martin Walser sagte unlängst, Heine habe es in seinem Leben zu zwei Identitäten gebracht, zu der eines deutschen Dichters und zu der eines Juden. Aber – fügte Walser hinzu – »zwei Identitäten, das ist weniger als eine«. So hat auch, wer sich auf mehr als auf *eine* Heimat berufen kann, im Grunde weniger als *eine* Heimat.

Heine erzählt, das Volk habe auf Dante, als er durch die Straßen von Verona ging, mit Fingern gezeigt und geflüstert: »Der war in der Hölle.« Hätte er denn sonst – meinte das Volk – die Qualen der Menschen in der Hölle so genau schildern können? Ja, sagt Heine, Dante war wirklich in der Hölle gewesen, denn »er war im Exil«. Hilde Spiel geht nicht so weit wie Heine: Sie nennt das Exil nicht eine Hölle, sondern eine Krankheit, die freilich Spuren für immer hinterlasse.

Wir wissen es längst: Wer einmal aus seinem Land oder aus dem Land, das er für das seine hielt, vertrieben wurde, dem fällt es schwer, mit ihm je wieder Frieden zu schließen. In Hilde Spiels Aufsätzen ist bisweilen die Rede von dem Fremdling, der »Gast im Lande seiner Geburt ist«. Sie bekennt sich nahezu euphorisch zu Österreich, zu der Stadt Wien, zur Landschaft, zur österreichischen Musik und Literatur, aber mit den Menschen in Österreich könne sie sich »nicht immer und unter allen Umständen« eins fühlen. Gewiß, einige Menschen nennt sie dann doch: Allerdings sind es Figuren von Schnitzler und Hofmannsthal, von Doderer und Lernet-Holenia.

Eben weil Hilde Spiel meint, »daß die Kluft zwischen den Daheimgebliebenen und den Ausgewanderten sich nie wieder völlig schließt«, und da sie sich dessen bewußt ist, daß es letztlich wahnsinnige Vorurteile waren, die zu den größten Katastrophen unseres Jahrhunderts führten, gilt ein nicht geringer Teil ihrer Arbeit dem Kampf gegen gedankliche Verkrustungen und nationale Klischees. Mit sanfter Hartnäckigkeit bemüht sie sich seit mindestens zwanzig Jahren, das Bild, das in anderen Ländern, zumal in Deutschland, von österreichischer Lebensart und Geisteshaltung existiert, zu vervollständigen, zu korrigieren und von jenen erstarrten Vorstellungen zu befreien, die von Generation zu Generation unbedenklich weitergereicht werden. Ihr Buch ›Wien – Spektrum einer Stadt‹ gehört in diesen Zusammenhang. Das verschüttete und verkannte Wesen Österreichs – niemand hat es in der Zeit nach dem Zweiten Weltkrieg gerechter und liebevoller und vor allem anschaulicher gezeigt als Hilde Spiel. Bedenkt man dies alles, dann erscheint es doch etwas verwunderlich, daß man unsere Jubilarin zwar mehrfach hierzulande ausgezeichnet hat, doch nie mit einem der hohen österreichischen Preise. Aber man sollte dergleichen nicht leichtfertig mißverstehen. Als Gerhart Hauptmann im Jahre 1905 der Ehrendoktor der Universität Oxford verliehen wurde, sagte Bernard Shaw in einer Tischrede: »Ich bewundere Deutschland sehr. Es ist ein großes Land. Und wie alle großen Länder ist es auch bescheiden. Es überläßt gern die Ehrung seiner bedeutenden Persönlichkeiten dem Ausland.« Auch Österreich ist ein bewundernswertes und, wie wir sehen, ein bescheidenes Land.

Doch vielleicht hielt man eine besondere Auszeichnung Hilde Spiels schon deshalb für entbehrlich, weil ihr Ruf ohnehin längst gefestigt ist und die Grenzen dieses Landes überschritten hat: Erst vor wenigen Tagen nannte die ›Neue Zürcher Zeitung‹ unsere Jubilarin die »Grande Dame der österreichischen Literatur«. Dies indes war nur ein Understatement: Denn mittlerweile ist sie die »Grande Dame der deutschsprachigen Literatur«.

Aber ihr Lebenswerk geht weit über das Literarische hinaus. Wie könnte man es mit einem einzigen Begriff definieren? Eine berühmte Äußerung Friedrich Schlegels über Lessing abwandelnd, darf ich sagen: Alles, was Hilde Spiel getan, gebildet, versucht und gewollt hat, läßt sich am füglichsten unter den Begriff der Kultur zusammenfassen. Ja, alles, was sie geschrieben hat, ist Kritik und Verteidigung der Kultur und ist schließlich und vor allem Beschwörung der Kultur.

Das Wappen mit dem Fragezeichen

Alltäglich werden in den deutschsprachigen Ländern Dutzende von Buchbesprechungen und Theaterrezensionen gedruckt und gesendet. Es sind nicht immer, doch häufig nützliche und notwendige journalistische Beiträge, von denen wir alle profitieren. Trotzdem gibt es heutzutage – nicht anders übrigens als vor hundert Jahren – zwar viele Rezensenten, aber nur sehr wenige Kritiker.

Was unterscheidet diese von jenen – etwa das Niveau, das Format, der Stil? Gewiß, dies alles mag eine Rolle spielen, wichtiger indes scheint mir das Verhältnis des Autors zum behandelten Thema. Eine Rezension beschäftigt sich mit einem bestimmten Buch oder Theaterabend – und ist sie gut geschrieben, dann sind wir auch gut informiert über die Besonderheit und die Qualität dieses Buches oder Theaterabends. Mehr kann, mehr will sie gar nicht bieten.

Auch der Kritiker bleibt oft ganz dicht am Gegenstand, doch wenn er es verdient, ein Kritiker genannt zu werden, dann liefert er ungleich mehr als die Schilderung und Beurteilung eines literarischen oder theatralischen Ereignisses. In seiner Arbeit verbirgt sich zwar nicht unbedingt, wie es einst Jean Paul wünschte, »eine gute Ästhetik und noch dazu eine angewandte«, aber eine Stellungnahme zur Literatur der Gegenwart oder zur Situation des Theaters – wenn nicht zu allgemeineren Fragen der Zeit.

Vereinfachend und überspitzend ließe sich sagen: Während die Person des Rezensenten hinter seinem Text zu verschwinden hat, mag die des Kritikers sehr wohl in Erscheinung treten – sie kann und darf es, ohne daß es erforderlich wäre. Und wie ist es in dieser Hinsicht um den Essayisten bestellt? In einem Gespräch mit Eckermann meinte Goethe, daß alle Künste des Talents wenig helfen, wenn uns aus einem Theaterstück nicht »eine liebenswürdige oder große Persönlichkeit des Autors entgegenkommt«. Was Goethe vom Drama verlangte, gilt erst recht für den Essay, ja er wird durch diesen hohen Anspruch geradezu definiert.

Erst dank der subjektiven Sicht und dem individuellen Stil wird aus der Studie oder der Abhandlung ein Essay. Neben allem anderen macht er einen Schriftsteller erkennbar, der vielleicht ganz im Hintergrund bleibt und der gleichwohl stets mit seinen Gedanken und Gefühlen, Ansichten und Kenntnissen, mit seiner Lebenserfahrung zugegen ist: Hinter dem Essay steht ein ganzer Mensch oder, mit Goethe zu sprechen, eine Persönlichkeit.

Hilde Spiel hat im Laufe eines arbeitsreichen Lebens ungezählte Literatur- und Theaterkritiken geschrieben, darunter viele, die noch heute so lebendig und anregend sind wie vor dreißig oder vierzig Jahren: man kann sie ohne Reue als meisterhafte Prosastücke bezeichnen. Dennoch will es mir scheinen, daß sie, obwohl natürlich und bisweilen hauptberuflich eine Kritikerin, doch in weit höherem Maße eine Feuilletonistin und, vor allem, eine Essayistin ist. Das hat mit ihrer Mentalität zu tun, mit ihrem Naturell.

Hilde Spiel als Theaterkritikerin
(Berlin 1947)

Nicht, daß es ihr an Temperament gefehlt hätte, im Gegenteil, man spürt es in allen ihren Arbeiten, freilich ist es ein Temperament, das von Nachdenklichkeit gemildert und von Höflichkeit im Zaume gehalten wird. Ausbrüche des Zorns oder der Leidenschaft erlaubt sich Hilde Spiel so gut wie nie: Schon in ihren frühesten Artikeln erstaunte die Leser eine beinahe vollkommene Gelassenheit; sie mochte ihren Ursprung zunächst in gesitteten Umgangsformen haben, zeugte aber bald von ungleich mehr, nämlich von Souveränität.

Gelassenheit und Souveränität sind Tugenden und beneidenswerte obendrein. Indes können sie zur Folge haben, daß gewisse Elemente, die zur Kritik gehören und auf die das literarische Leben nicht verzichten sollte, an den Rand gedrängt oder ganz verdrängt werden. Unsere großen Kritiker von Lessing bis heute bewährten sich und glänzten immer wieder in heftigen Gefechten. Auch Hilde Spiel beweist uns bisweilen, daß sie, wenn sie es für unumgänglich hält, scharf und treffend zu polemisieren vermag.

Doch hat sie, allem Anschein nach, keine sonderliche Lust am Streit und an der Debatte: Die Polemik ist offensichtlich ihre Sache nicht. Gewiß, alles, was sie über Literatur und über Theater geschrieben hat, läßt ein persönliches Engagement erkennen, ein ernstes und unbeirrbares. Engagiert ist sie, nicht militant. Nur bin ich keineswegs sicher, ob wir dies bedauern oder gar unserer Preisträgerin vorwerfen sollten.

Aber wie kann sich eigentlich das Engagement eines Kritikers artikulieren? In der Regel bleibe ihm nichts anderes übrig, dies jedenfalls meinte der Franzose Roland Barthes, als einen möglichst energischen, mehr noch, einen herrisch und gebieterisch klingenden Ton anzuschlagen: Wieviel er auch zweifeln mag, letztlich könne der Kritiker nur auf eine Schreibweise rekurrieren, die Thesen und Postulate enthält. Nichts davon trifft auf Hilde Spiel zu. Sie kommt aus einer anderen geistigen Welt, sie hat andere Ziele im Auge, und so sind denn auch ihre Schriften frei von den Attributen, an die der französische Theoretiker dachte.

Zu den am häufigsten zitierten Worten der österreichischen Literatur unseres Jahrhunderts gehört jener Ausspruch des schwierigen Hofmannsthalschen Grafen Hans Karl Bühl, demzufolge das simple Faktum, daß man etwas ausspricht, schon indezent sei. Wer das Schreiben zu seinem Beruf gemacht hat, kann sich diese zarte Warnung schwerlich zu Herzen nehmen. Und doch: Hilde Spiel lesend, kann man sich bisweilen des Eindrucks nicht erwehren, daß ihrer Ansicht nach ein unmittelbares, gar ein abfälliges Urteil über einen ästhetischen Gegenstand eben indezent sei. Herrisch oder gebieterisch ist ihr Ton wahrlich nie. Thesen und Postulate möchte sie eher vermeiden als verkünden, Zensuren erteilen mag sie nicht. Und sie bemüht sich unentwegt um die Quadratur des Kreises im kritischen Gewerbe – das soll heißen: Ihr ist viel daran gelegen, sich über Literatur und Theater und ähnliche Themen ganz und gar aufrichtig zu äußern, indes nicht den Takt zu verletzen und nicht gegen die guten Manieren zu verstoßen.

Hätten wir es also mit Kritik ohne Wertung zu tun? Das wäre, fürchte ich, eine höchst zweifelhafte und im Grunde überflüssige Kritik. Keiner weiß das besser als Hilde Spiel, und niemals hat sie ihre Meinung verschwiegen oder etwa getarnt. Nein, sie fürchtet das klare Urteil nicht. Nur ist es in ihren Schriften schon in der Darstellung enthalten: Sie deutet, indem sie verdeutlicht, sie entscheidet, indem sie unterscheidet, sie richtet, indem sie berichtet. Doch was immer sie verdeutlicht, unterscheidet und berichtet – unverkennbar ist ihre tiefe Abneigung gegen alles Weihevolle oder gar Raunende und ihre Liebe zum Rationalen. Sie bekennt sich ohne Abstriche zu jener Aufklärung, deren Scheitern das größte Unglück in der Geschichte Deutschlands war. Freilich würde sie niemals Robert Musil widersprechen, der von dem Kritiker verlangte, er solle das teilweise Irrationale ins Rationale übertragen; dies lasse sich – fügte Musil hinzu – nie ganz verwirklichen, weil stets ein Rest bleibe, der sich der Übertragung hartnäckig widersetzt.

In Hilde Spiels Arbeiten ist das Bewußtsein gegenwärtig, daß ein Kunstwerk, wenn es denn wirklich eines sei, sich nie ganz erfassen lasse und daß gerade das Unerklärliche, das uns oft ratlos macht und zugleich entzückt, zur Kunst und zum Künstlertum gehöre. Und gewiß wird sie Eliots ebenso schönem wie einfachem Satz zustimmen: »Die Leute, die meinen, daß es Shakespeare ums Denken ging, sind immer Leute, deren Sache nicht die Dichtung ist, sondern das Denken.«

Hilde Spiel ist eine treue und zuverlässige Sachwalterin der Dichtung, der Poeten und der Künstler. Doch hält sie es für ihre Pflicht, auf ihre Weise zu warnen, wenn die irrationalen, die nicht mehr erklärbaren Komponenten und damit auch unsere Ratlosigkeit gar zu groß werden. Eine solche Mahnung, in wunderbaren, ja beinahe zärtlichen Worten, birgt ihr Aufsatz über den Gedichtband ›Verschenkter Rat‹ von Ilse Aichinger:

»Wenn Dichter und Leser vorzustellen sind wie Orpheus, der vorangeht durch Dunkelheiten, vorbei an staunenswerten, auch erschreckenden Gesichtern, und Eurydike, die dicht hinter ihm schreitet, die Hand vertrauensvoll auf seine Schulter gelegt – dann gilt das Bild für den Großteil des Bandes. Freilich, wie alle Metaphern, hat auch diese ihre Widersprüche. Darf Orpheus sich nicht umwenden, Eurydike nicht ansehen, er verlöre sie denn, so sollte doch der Leser dem Dichter niemals völlig aus dem Blickfeld geraten. Im Gegenteil müßte dieser sich ab und zu vergewissern, daß jener ihm nicht abtrünnig wird, müßte zumindest nach der Hand auf seiner Schulter tasten, um sicher zu sein, daß der Kontakt nicht abgerissen ist.«

Der Respekt vor der Kunst und die Überzeugung, daß die Mittel jener, die sich mit der Kunst interpretierend und kritisierend beschäftigen, ihrer Aufgabe meist nur bedingt gewachsen sein können, veranlaßt Hilde Spiel, ihre Schriften besonders häufig im Bereich zwischen Einsicht und Zweifel, zwischen Erkenntnis und Mutmaßung anzusiedeln und vielleicht auch, wenn man so sagen darf, zwischen den Tatsachen und Gewißheiten einerseits und den

Melodien und Stimmungen andererseits. Dies aber ist der klassische, der angestammte Ort des Essayisten. In seinem Wappen fehlt das Fragezeichen nie.

Der Essay – heißt es einmal im ›Mann ohne Eigenschaften‹ – nimmt »ein Ding von vielen Seiten ..., ohne es ganz zu erfassen, – denn ein ganz erfaßtes Ding verliert mit einem Male seinen Umfang und schmilzt zu einem Begriff ein«. Damit ist vielleicht schon angedeutet, warum der Essay, der aus Frankreich kommt und schon sehr bald in England aufblühte, hierzulande eher selten gedeihen wollte. Unendlich viel haben deutsche Denker auf den Begriff gebracht – und wir haben ihnen dafür dankbar zu sein. Freilich hat diese Liebe zum Begriff und auch zur Gründlichkeit viele Schriftsteller und Philosophen eher zur gewichtigen Studie und zur gelehrten Abhandlung getrieben als zu jener Form, die geistreich und durchaus anspruchsvoll, doch zugleich auch leicht und locker sein sollte und die flüchtig und fragmentarisch sein darf, also zum Essay.

Es mag kein Zufall sein, daß die ersten meisterhaften Essays in deutscher Sprache aus der Feder von zwei Autoren stammen, deren Deutschtum oft genug und nicht nur in den Jahren des »Dritten Reiches« angezweifelt wurde. Denn was anderes als Essays sind Ludwig Börnes ›Briefe aus Paris‹? Und Heines ›Romantische Schule‹ ist weder ein literarhistorisches noch ein kulturgeschichtliches Werk, vielmehr ein, allerdings überdimensionaler, Essay von höchster Qualität.

Es ist ebenfalls kein Zufall, daß unter den Philolo-

Hilde Spiel und Heimito von Doderer

gen in der ersten Hälfte unseres Jahrhunderts hier nur ein einziger genannt werden kann und nicht ein Germanist, sondern ein Romanist – ich spreche natürlich von Ernst Robert Curtius, der das schier Unwahrscheinliche vollbracht hat, nämlich zu beweisen, daß man ein deutscher Professor und dennoch und trotzdem ein Essayist und nebenher auch ein Journalist sein kann.

Sein Buch ›Kritische Essays zur europäischen Literatur‹ bietet Glanzstücke der Gattung. Vergleicht man sie mit den Arbeiten so bedeutender, etwas jüngerer Autoren und Wissenschaftler wie Walter Benjamin und Theodor Adorno, dann läßt sich, wie fragwürdig dieser Vergleich auch sein mag, doch nicht übersehen, daß Curtius auf jeden Fall begriffen werden wollte, daß es für ihn selbstverständlich war, dem Publikum möglichst weit entgegenzukommen. Benjamin und auch Adorno haben ein solches Bedürfnis recht selten empfunden, weshalb denn beide, fürchte und bedauere ich, häufiger gerühmt und zitiert als gelesen werden. Zur Blüte des deutschen Essays in unserem Jahrhundert haben besonders viel die Österreicher beigetragen – und das ist durchaus nicht verwunderlich. Die Eigenart der Literatur ihrer Heimat hat Hilde Spiel schon vor vielen Jahren beschrieben: »In allem, was sie (die österreichischen Dichter) berührten, fühlten sie den Stachel, in jedem Glase schmeckten sie den Wermutstropfen der Vergänglichkeit. So profund jedoch ihre Überzeugung war, daß das Leben auch in seinen schönsten Augenblicken noch zu wünschen übrigließ, so groß war zugleich ihr Labsal an seinen irdisch-sinnlichen Freuden.« Daraus ergibt sich die einmalige Spezialität der österreichischen Poeten: Man serviert Bitteres, aber es ist schmackhaft zubereitet. Oft gleicht diese Literatur – um eine Formulierung von Hans Weigel über Schnitzlers ›Liebelei‹ zu verwenden – einem »Totentanz im Dreivierteltakt«.

In einem ihrer Essays erzählt Hilde Spiel, daß Arnold Schönberg im Wiener Prater Walzer von Johann Strauß dirigiert habe und daß die im Café Griensteidl versammelten Schriftsteller, mit Hofmannsthal an der Spitze, sich nicht zu schade waren, das Libretto der Operette ›Ein Walzertraum‹ auszubessern. Diese Konstellationen veranschaulichen die österreichische Synthese – aus Schmerz und Spiel, aus dem Tragischen und dem Tändelnden oder, ganz einfach, aus dem Ernsten und dem Leichten.

Ebendiese Synthese prädestiniert die Österreicher für die essayistische Schreibweise. Es genügt, noch einmal an Hofmannsthal und Musil zu erinnern, aber auch an Joseph Roth und Alfred Polgar. Und nicht an Karl Kraus? Nein, wohl nicht, denn man kann Fanatiker und Pamphletist zugleich sein, doch schwerlich Fanatiker und Essayist. Die Gattung des Essays setzt Toleranz und Liberalität voraus – und damit wären wir wieder bei Hilde Spiel, die die Tradition des österreichischen Essays kontinuiert und bereichert hat.

Aber für Toleranz und Liberalität wollen wir sie gar nicht loben, derartiges versteht sich, bedenkt man ihre Herkunft und ihre Biographie, eigentlich von selbst – zumal es nicht Hilde Spiels Sache ist zu schreiben, als sei unser Planet unbewohnt. Den im Laufe eines halben Jahrhunderts wechselnden Moden und Strömungen zum Trotz vertrat sie mit der ihr eigenen subtilen Entschiedenheit die Überzeugung, daß es zwar nicht unmöglich, doch müßig sei, über Literatur und Theater zu berichten, ohne auch außerkünstlerische, genauer: ethische und gesellschaftliche Aspekte zu berücksichtigen.

Eine Moraltrompeterin war sie allerdings nie, was sie in moralischer Hinsicht zu sagen hat, formuliert sie stets unaufdringlich, mitunter diskret und allemal unmißverständlich. Für Protestbekundungen und Widerstandsmanifestationen taugt der Essay wenig; dennoch protestiert sie, freilich auf ihre leise Weise – nämlich gegen Vorurteile, und doch widersetzt sie sich, wenn auch dezent – nämlich gedanklichen Verkrustungen.

Sie wolle in ihren Arbeiten, sagte sie gelegentlich, vor allem »beleuchten«. In der Tat gelingt es Hilde Spiel, alles, was sie betrachtet, ins rechte Licht zu rücken. Indes ist es meist ein eher weiches Licht. Denn sie, die das Laute, das Schrille nicht mag, verabscheut das Grelle ebenfalls. Unter ihren Werkzeugen sind neben vielen anderen auch allerlei Leuchtkörper, aber nicht jene Scheinwerfer, die mehr blenden als erhellen.

So gelingt es ihr, Städte gleichsam zu illuminieren: Paris und Rom etwa, London und Berlin, vor allem aber Wien. Manche dieser Essays sind Liebeserklärungen, die über Wien sind Lobreden und Anklageschriften in einem. Sie bestätigen ihre Behauptung, daß die schlechtesten Wiener auch die besten sind: Gerade in der Heftigkeit, mit der man diese Stadt anprangert, verrate sich ein Gefühl der Mitverantwortung an ihren Übeln, offenbare sich das unzerreißbare Band.

Niemand hat anschaulicher als Hilde Spiel die Dämonie der Wiener Gemütlichkeit uns vorgeführt und erklärt, niemand deutlicher jenes Tier sichtbar und spürbar gemacht, das »in der Volksseele wohnt und lauert, um hervorzubrechen, wenn die inneren zivilisatorischen Zügel gelockert sind«. In der lächelnden Maske, die der Wiener zur Schau trägt, liege, sagt sie schonungslos, Lug und Trug: »Die Nachtseite wird verhüllt, geleugnet, mit Vorbedacht zugedeckt. Unter dem Mantel höflicher Manier birgt sich der tödliche Dolch.«

Was Hilde Spiel hier den Mitbürgern ihrer Geburtsstadt ankreidet – gilt es für sie selber überhaupt nicht? Ein ganz klein wenig vielleicht doch – und es hat ihrer Essayistik und Kritik wahrlich nicht geschadet. Die Kunst, freundlich zu tadeln, beherrscht sie vollkommen: Mit Vorliebe rügt sie *ex positivo*. Sie vermag nicht nur taktvoll, sondern gelegentlich sogar herzlich zu beanstanden. Wer in deutschen Landen kann charmanter mißbilligen als Hilde Spiel?

Das alles wird möglich, weil sie ein untrügliches Gefühl für das Verhältnis von Gegenstand und Ausdruck hat, für die Proportionen also. Geisteswerke zu charakterisieren, sei – schrieb August Wilhelm Schlegel – ein sehr schwieriges Geschäft, »aber es muß nicht als solches erscheinen«. Den Arbeiten Hilde Spiels ist niemals anzumerken, wieviel Mühe sie ihr bereitet haben. Auf die Gefahr hin, daß man ihre Leistung unterschätzt, stellt sie ihre Gelehrsamkeit unter den Scheffel. Und lieber gilt sie als rasch und flüchtig denn als schwerfällig und tiefsinnig. Im Unterschied zu vielen unserer Autoren ebenso der jüngeren wie der älteren Generation zieht sie es vor – mit Nietzsche zu sprechen –, »verstanden statt angestaunt zu werden«.

Nicht für die Zunft schreibt sie – obwohl die Zunft immer von ihren Essays lernen kann –, sondern für alle nachdenklichen und gebildeten Leser.

Ihnen bietet sie, wie es einst die Romantiker verlangten, die Formeln, durch die das Kunstindividuum erst begriffen wird. In Hofmannsthals Gedichten habe – so Hilde Spiel – ein volksliedhaftes Element die klassizistischen Züge mit dem Anmutshauch der Romantik belebt. Das läßt sich nicht knapper und klarer sagen. Ein anderes Beispiel ihrer prägnanten und im besten Sinne eleganten Diktion: Somerset Maugham machte sich nichts daraus, »die Wahrscheinlichkeit zuletzt jener Pointe zu opfern, die gewöhnlich nur zustande kommt, wenn man die Realität einen Salto schlagen läßt«. Seine Geschichten enthalten »perfekt erfundene Möglichkeiten, aber niemals die imperfekte Wirklichkeit«.

Vielleicht ist die Essayistik Hilde Spiels am originellsten dort, wo sie von Dichtern spricht, die sich in die Grenzbereiche gedrängt fühlten und die daher in die Nähe oder gar in den Sog der Abgründe gerieten. Ich meine hier vor allem ihre Arbeiten über Virginia Woolf, ich meine den unvergeßlichen Nachruf auf Ingeborg Bachmann, in dem es heißt: »Daß sie gefährdet war, wußte sie wohl, und hatte Angst vor dieser Gefährdung, der sie doch, wie sie gleichfalls wußte, ihre Dichtungen verdankte, Angst vor dieser entfernten und erbarmungslosen Sphäre, in der sie nicht nur zum poetischen Erleben zugelassen, sondern zum poetischen Leben verurteilt war.« Das läßt sich nicht schöner und richtiger ausdrücken.

Ferdinand Raimund habe – berichtet Hilde Spiel –, als er Grillparzers Drama ›Der Traum ein Leben‹ sah, geklagt, solches habe er immer schon machen wollen, nur »die vielen schönen Worte«, die hätten ihm

Hilde Spiel und W. H. Auden in Wien (Ende der 60er Jahre)

gefehlt. Mancher von uns Kritikern und Journalisten mag sich nach der Lektüre der Essays von Hilde Spiel ähnliches gedacht haben. Ihr, so will es uns scheinen, mangelt es niemals an diesen »vielen schönen Worten«. Die große Liebe ihrer Jugend heißt Hofmannsthal, seine Sprache wurde ihr zum Vorbild. Wir lassen uns kein Sakrileg zuschulden kommen, wenn wir heute ihren Stil, der auf so vollkommene Art Würde mit Anmut und Leichtigkeit verbindet, mit ebenjenen Worten charakterisieren, die sie einst gefunden hat, um das Deutsch Hofmannsthals zu rühmen: Auch Hilde Spiels Sprache vereint die Melodik des Italienischen mit der Klarheit des Französischen, die

Symbolkraft des Englischen mit der Grazie der lateinischen Diktion.

Der Rest ist Dank. Ich danke Hilde Spiel für alles, was ich von ihr im Laufe der Jahre und Jahrzehnte gelernt habe – und ich weiß sehr wohl, daß ich dies zugleich im Namen vieler Kollegen tue. Und zu danken ist der Jury des Ernst-Robert-Curtius-Preises für Essayistik, die eine Wahl getroffen hat, wie sie nicht besser hätte sein können.

Kann uns zum Vaterland die Fremde werden?

In der Kunst, Hilde Spiel zu rühmen, bin ich einigermaßen geübt. Verwunderlich ist das nicht. Als man unserem gemeinsamen Freund Hermann Kesten, der jetzt, beinahe 90 Jahre alt, in Basel lebt, einst vorwarf, er schreibe Gefälligkeitskritiken, antwortete er so treuherzig wie entwaffnend: »Wer soll denn einen Schriftsteller loben und preisen, wenn nicht der Freund?« Ja, auch ich spreche hier als Freund, freilich als einer, dem Hilde Spiel vor einem Vierteljahrhundert in eines ihrer Bücher geschrieben hat: »Meinem freundlichsten Kritiker, meinem kritischesten Freund.«

Aber mit Freundschaften ist es eine heikle Sache: Wenn sie gut anfangen, dann enden sie bisweilen schlecht, und wenn sie mit einer Konfrontation beginnen, gerade dann können sie schön werden und lange währen. Die unsrige nahm ihren Anfang im September 1962 unter wahrlich dramatischen Umständen. Es war in Berlin und spielte sich auf der Bühne der Komödie am Kurfürstendamm ab, die einst zu den Reinhardt-Bühnen gehörte. Doch komisch war es keineswegs, jedenfalls nicht für mich.

Nein, wir traten auf dieser Bühne nicht in einem Stück auf oder doch: in einem, in dem wir allerdings uns selber spielten. Eine Podiumsdiskussion war es, es ging um den modernen Roman, genauer, um die immer noch beliebte Frage: »Stirbt der deutsche Roman?« Ich denke gern an dieses Thema, denn es hat mir im Laufe der Jahrzehnte viele Honorare eingebracht. Der zeitgenössische deutsche Roman – sagte ich damals – sei nicht eben unterhaltsam. Früher hingegen, als noch alles besser war, da habe es sehr wohl unterhaltsame Erzähler gegeben. Ich nannte, nicht ahnend, was ich heraufbeschwöre, den Namen Arthur Schnitzler.

Ich muß mich, wortkarg wie ich nun einmal bin, unklar ausgedrückt haben. Kaum hatte ich also den Namen ausgesprochen und von Unterhaltsamkeit geredet, da wars um mich geschehen. Ein Skandal sei es – bekam ich von Hilde Spiel zu hören –, Schnitzler als Unterhaltungsschriftsteller zu behandeln. Er sei einer der Größten des Jahrhunderts, einer vom Range Thomas Manns. Dies sei, erklärte ich, ein Mißverständnis, Schnitzler, beteuerte ich, liebe und bewundere ich seit meiner Kindheit – und ein nicht unterhaltsamer Roman sei meiner Ansicht nach ein geruchloses, wenn nicht gar ein übel riechendes Parfüm, also eine *contradictio in adjecto*.

Über dieses Mißverständnis auf der Bühne der Berliner »Komödie« habe ich dann in einer längst nicht mehr existierenden österreichischen Zeitschrift berichtet. Der Titel lautete: ›Wer hat Angst vor Hilde Spiel?‹ Mit der Zeit habe ich Hilde Spiel näher kennengelernt und meine Angst ist kleiner geworden. Aber ganz geschwunden ist sie immer noch nicht. Jetzt fürchte ich, ich könnte wieder einmal ihren Zorn herausfordern, wenn ich nämlich frank und frei erkläre, ihr neues Buch, ›Die hellen und die finsteren Zeiten‹, sei zunächst einmal höchst unterhaltsam.

Nun habe ich Hilde Spiel schon vor der dramatischen Begegnung auf der Bühne der »Komödie« bewundert. 1961 hatte ich in der ›Welt‹ ihren Essayband ›Welt im Widerschein‹ besprochen. Ich meinte damals, sie informiere und belehre uns, ohne je den Finger zu heben. Hilde Spiels Aufsätze seien Feuilleton und Polemik in einem, wissenschaftliche Abhandlung und witzige Plauderei zugleich. Sie erzähle mit Grazie und Eleganz, mit Geist und Temperament. – Und das alles, 1961 geschrieben, trifft erst recht auf ›Die hellen und die finsteren Zeiten‹ zu.

Wir haben es mit einer Autobiographie zu tun, also mit einem unvollkommenen, einem fragwürdigen Buch. Denn im Grunde ist die Autobiographie eine literarische Form, die dem Wesen des Menschen widerspricht. Man kann es von dem Menschen nicht erwarten, daß er die volle Wahrheit über seine Person sagt, jeder stilisiert, ob nun bewußt oder unbewußt, sein Bild und seinen Weg. In der Regel strebt der Autor nicht gerade ein Denkmal an, nur möchte er keine Karikatur zeichnen. Gewiß, er hätte schon gern die Wahrheit gesagt, aber er muß allerlei weglassen, verschweigen, retuschieren. So ist es seine selbstverständliche Pflicht, auf seine Freunde Rücksicht zu nehmen. Und wer wollte es ihm verdenken, daß er auf sich selber Rücksicht nimmt?

Von Karl Kraus stammt der Satz: »Der Aphorismus deckt sich nie mit der Wahrheit; er ist entweder eine halbe Wahrheit oder anderthalb.« Das gilt erst recht für die Autobiographie. Hilde Spiel weiß das, sie verzichtet von vornherein auf die volle Wahrheit. Aber sie bietet uns die halbe – und das ist schon viel. Sie kennt den treffenden Ausspruch Hofmannsthals: »Jede Darstellung eines Seienden ist schon Indiskretion.« Sie berichtet und erzählt so ehrlich wie möglich und so indiskret wie unbedingt nötig. Indiskretion und Exhibitionismus gehören nun einmal zur Autobiographie, wenn nicht zum Gewerbe überhaupt. Es kommt nur darauf an, das eine wie das andere in Grenzen zu halten. Wie macht das Hilde Spiel?

Schreiben heißt überspitzen und natürlich, übertreiben. Literatur ist immer Übertreibung, und je bedeutender die Schriftsteller waren, desto mehr haben sie eben übertrieben – von Kleist über Dostojewskij bis zu dem größten Übertreiber unserer Jahre: Thomas Bernhard. Recht hatte aber auch Hofmannsthal, als er kurzerhand erklärte: »Der gute Geschmack ist die Fähigkeit, fortwährend der Übertreibung entgegenzuwirken.« Mit anderen Worten: Man soll übertreiben, doch dabei nie den guten Geschmack außer acht lassen.

Das eben ist Hilde Spiels Rezept: Sie spricht in ihrem Buch von Heiklem und Prekärem, indes stets mit Takt und Geschmack. Das sind, ich weiß es schon, keine wissenschaftlich definierbaren Kategorien – und sie gelten heute nicht viel. Gerade deshalb sollten wir Hilde Spiels untrügliches Gefühl für das Maß und die Proportionen rühmen: Sie spürt genau, was man mitteilen kann und soll und was man verschweigen darf und muß. Die hier zu Worte kommt, äußert sich als Zeugin der Epoche, als Geschöpf und auch als Opfer ihrer Zeit.

Das Wien der späten zwanziger und der dreißiger Jahre, das Londoner Exil, der Zweite Weltkrieg und die erste Nachkriegszeit – das ist der Hintergrund dieser Erinnerungen; das Individuum und die Weltgeschichte – das ist die Materie dieses Buches. Das Persönliche und das Allgemeine bedingen und verdeutlichen sich gegenseitig. Aber Hilde Spiel unterläuft nicht der Fehler vieler Autobiographen, die ihr Bewußtsein in längst vergangener Zeit allzu leichtfertig mit ihren heutigen Ansichten und Einsichten versehen, sie gehört nicht zu jenen Autoren, die in ihren angeblich vor einem halben Jahrhundert verfaßten, bisher allerdings nicht veröffentlichten Tagebuch-Eintragungen die Zukunft richtig vorausgesehen und schon alles treffend durchschaut haben.

Es stimmt ja nicht, daß sich die Menschen in den historischen Augenblicken Gedanken über die Weltgeschichte machen. Nach der Kanonade von Valmy will Goethe gesagt haben: »Von hier und heute geht eine neue Epoche der Weltgeschichte, und ihr könnt sagen, ihr seid dabeigewesen.« Eine effektvolle Sentenz, gewiß, nur findet sie sich in einem von Goethe erst dreißig Jahre später geschriebenen Bericht. Als Kafka am 2. August 1914 notierte, Deutschland habe Rußland den Krieg erklärt, fügte er hinzu: »Nachmittag Schwimmschule.« Die Eintragung über die Explosion der über Hiroshima gezündeten Atombombe verband Thomas Mann mit der Bemerkung, er habe sich in Westwood weiße Schuhe und farbige Hemden gekauft.

Die Welt zittert, doch die Rede ist von der Schwimmschule und den farbigen Hemden – auch bei Hilde Spiel, nur bei ihr noch viel persönlicher, ja intimer. Über die Ereignisse in Wien im Februar 1934 heißt es in ihrem Kalender: »Wir haben Bürgerkrieg. Jetzt werde ich ihn nicht wiedersehen.«

Die Liebesgeschichte, die dieser Eintragung vorangeht, gehört zu den Höhepunkten des Buches. Hier ein Abschnitt:

»Wie oft habe ich, nachdem ich mich von meinen Freunden verabschiedet hatte, von einem Automaten aus nachts im Gebäude der ›Vorwärts-Druckerei‹ angerufen ... Er war nicht zu erreichen, war in der Setzerei, in einer Konferenz, oder er kam an den Apparat und sagte, sehr zärtlich, er könne mich nicht sehen, oder er bestellte mich in irgendein entlegenes Caféhaus, in dem wir unbekannt waren, und kam nicht, bis es schloß und ich heimgehen mußte, oder er schlug mir vor, mich nach Mitternacht im Café de l'Europe am Stephansplatz, das rund um die Uhr geöffnet war, einzufinden, wo er mit einer Gruppe von Genossen die Lage und ihr zukünftiges Vorgehen besprach. Ich durfte mit am Tisch sitzen, unbeachtet, aber geduldet, bis drei oder vier Uhr früh, er begleitete mich heim, denn er war aus einer guten bürgerlichen Kinderstube und mochte mich auf seine Weise sicher sehr, wir umarmten und küßten einander im Haustor, dann ging er davon, den weiten Weg in seine eigene Wohnung, todmüde und erschöpft, um sich am nächsten Morgen wieder in die Politik und den Journalismus zu stürzen. Ein schöner Mensch, immer abwesend, unerreichbar, selbst wenn man in stummer Umarmung mit ihm auf der Türschwelle stand.«

Von der Liebe ist in dem Buch oft die Rede, meist werden die Erlebnisse nur knapp angedeutet. Und es zeigt sich wieder einmal, daß die schönsten Liebesgeschichten die unglücklichen sind. Inwiefern ist jedoch die Autobiographin auch ein Opfer der Zeit? Daß sie nicht gefoltert und wie Ungeziefer vergast wurde, verdankt sie nur dem Umstand, daß sie rechtzeitig geflohen ist. Aber wer zufällig verschont wurde, während man die Seinen gemordet hat, kann nicht in Frieden mit sich selber leben. Wer vertrieben wurde, bleibt für immer nicht nur ein Vertriebener, sondern zugleich ein Getriebener – auch wenn dies manch einer oder manch eine mit Erfolg zu verbergen vermag.

Es stimmt nicht, daß die Zeit alle Wunden heilt, im Gegenteil, es scheint, daß die Kluft zwischen den damals Vertriebenen und jenen, die daheim bleiben konnten, immer größer wird. Und sie, die Glücklichen, die niemals heimatlos waren, können es oft nicht begreifen, daß wir, wenn man das, was damals geschehen ist, zu bagatellisieren und zu beschönigen und sogar zu rechtfertigen versucht, rabiat reagieren – und so reagieren müssen. Auch davon erzählt dieses Buch.

1945 glaubten sie, Hilde Spiel und ihr Mann Peter de Mendelssohn, in England, wo sie seit 1936 lebten, seien sie beheimatet und nirgendwo anders. Indes werden sie, kaum daß der Krieg beendet war, von einem Freund, dem Herausgeber der Zeitschrift ›New Statesman and Nation‹, gefragt: »Ihr werdet wohl jetzt in euer Land zurückkehren?« Es war für ihn – schreibt Hilde Spiel – selbstverständlich, »wir

Wien 1981, Feier des 70. Geburtstages von Hilde Spiel. Hilde Spiel mit Marcel Reich-Ranicki und Hans A. Neunzig.

würden die neugewonnene Identität abstreifen wie ein Paar abgetretene Pantoffel«. Da wußte sie, was sie gar nicht wissen wollte – daß neun Jahre der Einfügung in die englische Welt vergeblich gewesen waren.

Wenig später, 1946, hält sich Hilde Spiel in ihrer Heimatstadt Wien auf, freilich in einer britischen Uniform. Es ist ihr hoch anzurechnen, daß sie nicht verschweigt, was sie damals in ihren Kalender eingetragen hat: »Ich bin sicher, daß ich um nichts in der Welt eine Wienerin sein möchte.« Ein Aufenthalt in Wien wäre ihr unmöglich, »wenn es nicht im Verein mit den Briten wäre, zu denen man gehört ...«. Die Uniform schafft die erwünschte Distanz. Doch die Kluft zwischen ihr und den Einheimischen bleibt auch dann, als sie längst als unwillkommen empfunden wird. »Kann uns zum Vaterland die Fremde werden?« – fragt jene Königstochter, die das Land der Griechen mit der Seele sucht. Ihr wird geantwortet: »Und dir ist fremd das Vaterland geworden.«

So ganz vergeblich waren Hilde Spiels neun Jahre in England natürlich nicht: Sie haben auf ihr Deutsch Einfluß ausgeübt und auf ihre Denkweise. Ich meine die Einfachheit und Knappheit ihrer Sprache, ich meine deren unübertreffliche Klarheit und Durchsichtigkeit. Aber die Anmut dieses Stils ist nicht britischer Herkunft, sie ist österreichisch; vielleicht darf man in diesem Zusammenhang vor allem einen Namen nennen: Hugo von Hofmannsthal.

Und der Glaube an die Vernunft, an den in Deutschland leider oft verspotteten gesunden Menschenverstand? Diesen Glauben braucht man sich nicht aus England zu holen. Er ist sehr wohl in der deutschen Tradition zu finden, nur muß man sich für die richtige entscheiden, für jene also, die oft genug mit Füßen getreten wurde: Sie reicht von Lessing und Moses Mendelssohn über Büchner, Heine und Fontane bis zu Thomas Mann und Bertolt Brecht. Hilde Spiel ist – die Autobiographie beweist es abermals – der Aufklärung und der Vernunft treu geblieben.

Wer hat Angst vor Hilde Spiel? Ich frage noch einmal, weil ich wieder fürchte, von ihr mißverstanden zu werden. Lobt man ein neues Buch, dann schöpft der mißtrauische Autor den Verdacht, man tue es auf Kosten seiner anderen Arbeiten. Nichts liegt mir ferner, ich habe ihre früheren Bücher nicht vergessen, am allerwenigsten die wohl immer noch unterschätzte, große Monographie ›Fanny von Arnstein oder Die Emanzipation‹. Indes: Im Zentrum des umfangreichen Werks von Stefan Zweig steht die späte Autobiographie ›Die Welt von gestern‹. Auch Klaus Mann hat sein Bestes in einer Autobiographie gegeben, im ›Wendepunkt‹. Ähnliches trifft, so will mir scheinen, auf Hilde Spiel zu. Damit greife ich allerdings der Entwicklung vor. Denn ich meine ihre ganze Autobiographie, von der wir jetzt den ersten Band erhalten haben. Dankbar für diesen ersten Band, warten wir auf den zweiten.

Den Kuchen aufessen und ihn doch haben

In einer Marginalie ›Über die Autobiographie‹ meint Goethe, die Frage, ob einer seine eigene Biographie schreiben dürfe, sei höchst ungeschickt gestellt. Ihm will es scheinen, es sei geradezu die Höflichkeitspflicht eines Menschen, über seine Person Bericht zu erstatten: »Wenn sich einer nur mitteilt, so ist es ganz einerlei, aus was für Motiven er es tut.« Aber wenn sich einer mitteilt, dann muß er, ob er es will oder nicht, das Irrationale seines Daseins wenigstens teilweise ins Rationale übertragen. »Jedes Leben wird zur Legende«, schreibt Hilde Spiel in ihrem Buch über Fanny von Arnstein, es lasse sich weder erfassen noch erschöpfen. Weshalb dann der Versuch? »Weil in den meisten Fällen, wenn eine Daseinsform neu umrissen werden soll, nicht ihr wahres Wesen, sondern ihr Symbolgehalt wert ist, enträtselt zu werden.«

Niemand wird Hilde Spiel vorwerfen können, sie habe die Pflicht, sich mitzuteilen, je vernachlässigt. Man übertreibt nur wenig, wenn man sagt, daß ihre Person beinahe immer im Mittelpunkt ihrer Bücher steht – auch wenn sich der Mittelpunkt bisweilen zwischen den Zeilen dieser Prosa verbirgt. Das gilt natürlich für ihre Romane, für die frühen wie ›Kati auf der Brücke‹ (1933) und ›Verwirrung am Wolfgangsee‹ (1935), die die junge Anfängerin rasch

Wien, im September 1990. Präsentation des zweiten Bandes der Erinnerungen ›Welche Welt ist meine Welt?‹ im Palais Pallavicini.

bekannt gemacht haben, und ebenfalls für die späteren wie ›Lisas Zimmer‹ (1961) und ›Die Früchte des Wohlstands‹ (1981) – ich sage »natürlich«, denn der Autor müßte noch geboren werden, der einen Roman verfassen könnte, ohne häufig, wenn nicht unentwegt über sich selber zu schreiben. Aber wir finden Hilde Spiel auch in ihrer Szenenfolge ›Anna und Anna‹ (1989) oder in dem Geschichtenband ›Der Mann mit der Pelerine‹ (1985), vom Tagebuch ›Rückkehr nach Wien‹ (1968) ganz zu schweigen.

Und in den essayistischen Arbeiten, in den Kriti-

Wien, im September 1990

ken und Feuilletons, in den Reiseberichten? Ohne daß den Gegenständen Gewalt angetan würde, sind es doch allesamt Bruchstücke einer einzigen Konfession und damit auch einer Autobiographie. Geboten wird – um den Titel eines der Bücher, die diese Prosastücke zusammenfassen, zu zitieren – die ›Welt im Widerschein‹ (1960), im Widerschein, den wir einer Schriftstellerin verdanken, die ihre spätere Essaysammlung mit einem Titel versieht, der alles Feierliche weit von sich weist: ›In meinem Garten schlendernd‹ (1981).

Doch wie reich diese Bände auch sind – und Hilde Spiel verrät über die eigene Person besonders viel, wenn sie Frauen porträtiert, von Fanny von Arnstein über Virginia Woolf und Katherine Mansfield bis zu Ingeborg Bachmann –, ihre Summe muß fragmentarisch bleiben, es sind Beiträge und Materialien, die eine Daseinsform zwar ahnen lassen, ohne aber die Frage nach deren Symbolgehalt hinreichend beantworten zu können. Wofür steht denn das Leben jener Frau, der Hilde Spiel ihr wohl größtes Buch gewidmet hat? Hier drückt es schon der Titel aus: ›Fanny von Arnstein oder Die Emanzipation‹ (1962). Eine Formulierung, mit der sich der Symbolgehalt der Daseinsform andeuten ließe, den die nun abgeschlossene Autobiographie sichtbar macht, könnte heißen: »Hilde Spiel oder Die Heimatlosigkeit«.

Während der erste Band, ›Die hellen und die finsteren Zeiten‹, bis 1946 reicht, umfaßt der zweite die Jahre bis 1989. Der Titel ›Welche Welt ist meine Welt?‹ ist durchaus keine rhetorische Frage, vielmehr eine, der das Eingeständnis eines Scheiterns inne-

Wien, im September 1990. Präsentation des zweiten Bandes der Erinnerungen ›Welche Welt ist meine Welt?‹ im Palais Palavicini. Hilde Spiel mit André Heller, der aus den Erinnerungen gelesen hat.

wohnt: Nicht glücklich kann ein Mensch sein, der, sein Leben überblickend, die Frage, welche Welt denn die seinige sei, offen lassen muß. Was vor allem auffällt, wenn man über den Weg Hilde Spiels nachdenkt, ist die nachgerade dramatische Verschmelzung von Glück und Unglück, die nahezu permanente Verquickung von Siegen und Niederlagen.

Ihre berufliche Laufbahn hatte unter den denkbar günstigsten Vorzeichen begonnen. Sie war noch nicht zweiundzwanzig Jahre alt, da erschien schon ihr erster Roman: Er wurde gelobt, gerühmt und sogar preisgekrönt. Sie war, knapp vierundzwanzig Jahre alt, schon mit einem zweiten Roman zur Stelle und auch promoviert zum Doktor der Philosophie. 1936 erfolgte die Übersiedlung nach England, die ihr das Leben rettete.

Die Kriegsjahre in London sind, allen Gefahren und Schwierigkeiten zum Trotz, die düstersten nicht, es sind, immerhin, Jahre der Hoffnung. Und die Hoffnung hat nicht getrogen: Aus dem Krieg geht Hilde Spiel als Siegerin hervor. Sie ist sicher, eine neue Heimat zu haben und, mit dem britischen Paß in der Tasche, auch ein neues Vaterland. Wenige Monate nach Kriegsende, im Januar 1946, hält sie sich in ihrer Geburtsstadt auf. Es sei, heißt es, ihre »erste Rückkehr nach Wien«. Eine Rückkehr in Sack und Asche ist es nicht, Hilde Spiel trägt eine britische Uniform, die sich im besiegten und armseligen, wenn auch nicht zerstörten Wien als besonders kleidsam erweist. Aber sie bleibt nicht lange dort, schon im Frühjahr ist sie wieder in London, man könnte sagen: »*Erste* Rückkehr nach England.«

Sonderbar: In dieser ganzen Zeit, von der in dem Buch ›Welche Welt ist meine Welt?‹ berichtet wird, in diesen Jahren, in denen im Leben Hilde Spiels Licht und Schatten so hell und so finster sind und so dicht beieinander liegen, war sie, jedenfalls kann man sich dieses Eindrucks nicht erwehren, überall glücklich: in Frankreich und in der Schweiz und erst recht in Italien, auf Reisen quer durch die Vereinigten Staaten und natürlich und ganz besonders in Berlin. Überall mithin – nur nicht in Österreich und nicht in England. Und ich glaube: mit gutem Grund weder hier noch dort.

Den Aufenthalt in Berlin, alles in allem keine zwei Jahre, beurteilt sie im Rückblick als die wichtigste Zeit in »ihrem bereits überschaubaren Dasein«. Wieder kann sie triumphieren, doch ist es nicht mehr der letztlich traurige Triumph der Heimkehrerin in der Uniform der Sieger, diesmal verdankt sie den Erfolg ihren geistigen Gaben und schriftstellerischen Fähigkeiten. Mehr noch: Sie ist in Berlin, aber sie ist keine Berlinerin, keine Deutsche. Anders als Österreich war Deutschland ihr Vaterland nie, anders als England hielt sie Deutschland nie für ihre Heimat. So kann sie, was sich dort abspielt, mit Distanz betrachten – aus der Perspektive des Beobachters, des Zeugen, des Zeitgenossen.

Sie ist Theaterkritikerin der unter britischer Aufsicht erscheinenden Tageszeitung ›Die Welt‹. Ihre Rezensionen sind leicht und anmutig geschrieben, in einem Stil, der konsequent der Sache dient und dabei von hoher Musikalität ist. Sie haben ein solides philosophisches Fundament, das sie freilich konsequent verbergen. Diese Arbeiten machen sofort auf die noch junge Kritikerin (sie ist Mitte Dreißig) aufmerksam, wieder wird sie rasch bekannt und von manchen auch schon bewundert.

Die Umstände sind günstig. Denn im Berlin der Jahre 1947/1948 haben wir eine Theaterblüte sondergleichen, inmitten der zerstörten und verödeten Stadt gibt es Inseln der großen Kunst. Soll hier etwas – fragte Hilde Spiel damals – vorgetäuscht werden, sind es »trügerische Fassaden, Potemkinsche Dörfer«? Sie antwortete: »Nein, sie sind es nicht. Sie sind die Wirklichkeit selbst, die einzige, die noch geblieben ist. Die Kulisse hat das Leben ersetzt.« Und weil das Theater im Berlin jener Jahre so wichtig ist, kann sie von der »unterwürfigen Verehrung« profitieren, die man in dieser Stadt den Kritikern entgegenbringt, vielleicht nicht immer der Person, doch auf jeden Fall der Instanz. Ihr schmeichelt das »Bewußtsein einer plötzlich errungenen Macht«, sie spricht vom »törichten Selbstgefühl«, das sie gleichwohl genießt und nach dem sie sich später noch oft zurücksehnen wird.

Dennoch meditiert sie: »Worauf hatte ich mich eingelassen? Welches fragwürdige Richteramt hatte ich mir angemaßt?« Sie beruft sich auf Alfred Kerr, der einst schrieb, die Schleuder und die Harfe seien die Werkzeuge des Kritikers, er müsse sein Amt mit Haß und Liebe verwalten. Hilde Spiel verfügt über beide – über die Waffe und über das Instrument; ihr fehlt es weder an Haß noch an Liebe. Eine geborene Kritikerin ist sie dennoch nicht. Sie schreibt: »Ich bin erregt von den Möglichkeiten, im Rahmen meiner

Wien, im September 1990. Mit dem deutschen Botschafter in Österreich, Graf Brühl, in der Mitte Ulrich Weinzierl.

Rezension grundsätzliche Meinungen jeglicher Art zu äußern ...« Aber ist dies nicht ein Mißbrauch der Kritik, wenn sie bloß als Rahmen für Prinzipielles verwendet wird und der Gegenstand der Betrachtung daher in den Hintergrund gerät?

Hilde Spiels Feder ist eher auf die Beleuchtung und Vergegenwärtigung der Phänomene aus als auf deren direkte Beurteilung. Das hat nichts mit Unentschiedenheit zu tun. Nein, die Wertung bereitet ihr keine Schwierigkeiten, aber sie möchte sie doch lieber vermeiden. Sie will den Lesern reinen Wein einschenken und zugleich den Autor, den Regisseur oder Schauspieler nicht kränken. Sie möchte den Kuchen aufessen und ihn doch haben. Der Essayist oder Feuilletonist kann sich das ohne weiteres leisten, doch nicht der Kritiker.

Den Kuchen aufessen und ihn doch haben – ob dies nicht eines der Leitmotive im Leben von Hilde Spiel ist? In Berlin will oder kann sie nicht bleiben. Österreich kommt für sie vorerst nicht in Betracht, denn: »Auch wenn wir am Rand der englischen Gesellschaft, der englischen Literatur und Publizistik leben würden: inmitten einer Gemeinschaft uns wieder niederzulassen, die unseresgleichen vor so jüngstvergangener Zeit vertrieben oder vernichtet hatte, dazu waren wir – noch lange – nicht bereit.«

So kehrt sie nach London zurück, wo sie indes beinahe ausschließlich für westdeutsche Zeitungen und Zeitschriften, Verlage und Rundfunksender arbeitet. Sie lebt in Wimbledon »auf einer Insel inmitten der Insel England«, den Garten, der das Haus umgibt, in dem sie wohnt, empfindet sie als »ein grünes Grab«. Immer deutlicher spürt sie den englischen, den »tief eingewurzelten Hochmut allen ›Continentals‹ gegenüber, der mit dem Ende der gebotenen Rücksichtnahme auf ihre Notlage wieder zum Vorschein kommt.« 1955 erwirbt Hilde Spiel ein Haus in Sankt Wolfgang und ist nun mit einem Bein in England und mit dem anderen in Österreich. Sankt Wolfgang verdanke sie »ein Gefühl beglückender Gemeinschaft«. Gemeinschaft – ja aber mit wem denn? Nicht mit den dort lebenden Menschen, sondern bloß mit »sogenannten Schicksalsgenossen, die gleich uns für kurz oder lang zurückfinden in die frühere Welt«.

In ihrem Haus im Salzkammergut sind die Möbel, die Gardinen, die Vorhänge und die Bilder unterschiedlicher Herkunft: »Allenthalben vermischte sich das Englische mit dem Österreichischen, und die florentinischen Steinlöwen vor den weißgekalkten Pilastern der Terrasse ... riefen das geliebte Italien hervor. Drei Vaterländer.« Wie denn, *drei* Vaterländer? In diesem scheinbar zufriedenen Bekenntnis ist eine Klage enthalten. Denn wer drei Vaterländer hat, der hat gar keines.

Zur Symbolfigur jener Jahre wird der österreichische Romancier Alexander Lernet-Holenia, der ein Verwundetenabzeichen am Lodenhut trägt – er hatte 1939 am Polenfeldzug teilgenommen –, jedoch das Hakenkreuz auf diesem Abzeichen so nachlässig ausgerieben hat, daß man es immer noch gut erkennen konnte. Aber: »Wir schauen nicht unter den Teppich, wir klopfen den doppelten Boden nicht ab.« Die Freundschaft mit Lernet-Holenia war ungewöhnlich und auf eine besondere Art belastet. Hilde Spiel verweigert die Auskunft nicht, und man kann das gar nicht schöner sagen: »Sein Charakter, sein Verhalten bedurften schon der Liebe, weil man sie sonst nicht ertrug. Diese Liebe habe ich aufgebracht, unter den schwierigsten Umständen, und bis zum bitteren Ende.« Eine »amitié amoureuse« gleitet »mit Ruhe und Gelassenheit in eine herzliche Bindung«. Der junge Schnitzler notierte einmal: »Liebe ist eigentlich immer ein Symbol für was anderes.«

Wie sie sich mit dem Hakenkreuz auf dem Verwundetenabzeichen Lernet-Holenias abfand, so auch mit der politischen Vergangenheit Heimito von Doderers, in dessen ›Dämonen‹, in der ursprünglichen Fassung, die eindeutig antisemitischen Züge gar nicht übersehen werden konnten: »Ich war wehrlos gegenüber dieser Verdichtung wienerischen Lebensgefühls …« Die Geburtsstadt übte auf sie – heißt es an einer anderen Stelle – einen »unwiderstehlichen Sog« aus: »ein geselliges Leben von solcher Dichte und Permanenz, mit Hausbesuchen und Stammtischen, Heurigenpartien, gemeinsamen Ausflügen und Landaufenthalten«, daß man sich niemals allein fühlte, sondern umgeben von menschlicher Wärme und Freundschaft. Wie also: Wien, Wien, nur du allein …? Gleich kommt die Kehrseite der Medaille: »Klatsch, Malice, Intrige, Rankune, ein immerwährendes Menuett von Zerwürfnis und Wiederversöhnung.« Gerade in Wien sehnt sich Hilde Spiel nach englischer Diskretion, Disziplin, Distanz. Nur daß man sie in Österreich lächelnd duldet und in England höflich ignoriert.

Ab 1963 ist sie Kulturberichterstatterin der ›Frankfurter Allgemeinen Zeitung‹ in Wien. Diese nun endgültige Rückkehr nach Österreich sei »ein Rückfall, ja, ein Fall gewesen«. Ein Fall woraus und wohin? Wohl aus der Welt, die ihr nicht zur Heimat geworden war, in eine Welt, die ihr nicht wieder und nicht mehr Heimat sein konnte. Ihr Leben beherrscht »eine Zerrissenheit, ein Schwanken zwischen zwei Zugehörigkeiten – zu diesem oder jenem Land, diesem oder jenem Gefährten, dieser oder jener Daseinsform«.

Was sich aus der Zerrissenheit ergibt, schildert Hilde Spiel, ohne sich zu schonen: Sie gesteht eine Betriebsamkeit, die sie im Rückblick »mehr als peinlich« empfindet: »Der Drang, überall dabeizusein, Einfluß zu nehmen – gewiß war er verständlich, aber eben doch auch lächerlich. So lange am Rand gestanden zu haben, soll nun durch einen Sprung in die Mitte und einem Verharren dort ausgeglichen werden.« Sie fügt sich also in die Wiener Kulturwelt ein. Doch widerfährt ihr das Mißgeschick, die Realität der Gegenwart mit jenen Wunschbildern zu verwechseln, die aus der Vergangenheit stammen. Das alles endet schlecht und sehr dramatisch – und ist offenbar bis heute nicht verschmerzt.

»Sie sind ein Mitteiler, vergessen Sie das nicht« – schrieb 1925 Joseph Roth an Bernard von Brentano. Hilde Spiel braucht man daran nicht zu erinnern: Sie ist eine vorbildliche Mitteilerin, aber auch und gerade da, wo sie nur informieren möchte, kennzeichnet ihren Stil die Synthese aus Klarheit und Wohlklang, aus makelloser Nüchternheit und zarter Geschmeidigkeit. Immer ist das prägende Vorbild Hofmannsthals erkennbar. Doch mit der Vorliebe für Bericht und Mitteilung hat auch eine Eigentümlichkeit zu tun, die man der Autobiographie zum Vorwurf gemacht hat: das *name dropping*.

Hilde Spiel hat diesen Vorwurf geahnt und in diesem Buch schon abgewehrt: »Namen über Namen … Ich lasse sie fallen, dauernd, so verpönt dies auch ist, weil in ihnen, in den Menschen, die sie heraufbeschwören, unser eigenes Lebensgefühl und das, was man geistiges Klima nennt, auf besondere Weise verkörpert war ...« Nein, es sind nicht zu viele Namen, und doch kann man den Einwand nicht ohne weiteres von der Hand weisen, nur verhält es sich umgekehrt – über viele Namen erfahren wir zu wenig. Das hat einen verständlichen Grund: Manche Kapitel stammen von einer in sich gekehrten Autorin, die, ohne die Leser ausschließen zu wollen, doch wenig Lust hat, immer auf sie Rücksicht zu nehmen. Einiges also erzählt sie eher sich selber – ohne sich zu kümmern, ob es jemanden interessiert.

Das trifft auf die eingehende Darstellung des Freundes Friedrich Torberg zu, aus dem im Laufe der Jahrzehnte ein »Freundfeind« wurde und schließlich ein Feind. Der Streit mit ihm habe sich, so Hilde Spiel, »wie eine Schleimspur« durch ihr Leben gezogen. Ich kann dieses heikle und komplizierte Zerwürfnis nicht beurteilen, aber ich erinnere mich an das Wort von Brecht: »Auch der Haß gegen die Niedrigkeit / Verzerrt die Züge« – und das gilt für die Züge beider, dessen, der haßt und auch dessen, der gehaßt wird. Wie auch immer: Es fällt mir schwer zu glauben, daß der Autor der ›Tante Jolesch‹ ein dämonischer Bösewicht von monströsen Dimensionen war.

Indes: Alles darf man vom Autobiographen erwarten, nur nicht Gerechtigkeit – und schon gar nicht, wenn es um Ehepartner geht. Hilde Spiel porträtiert in diesem Buch ihre beiden Ehemänner: Peter de Mendelssohn und Hans Flesch von Brunningen. Gegen Ende vergleicht sie die beiden, dabei kommt Peter de Mendelssohn vorteilhafter weg. Er sei »der bessere Mensch« gewesen, »er war alles, nur kein

Wien, im September 1990

Filou«. Dies aber kann nur bedeuten, daß Flesch-Brunningen doch ein Filou war.

Das wird wohl stimmen, nur sind in der Literatur die Filous in der Regel interessantere Figuren als die guten Menschen. Sie geben einfach mehr her. So auch in dem Buch ›Welche Welt ist meine Welt?‹. Darüber in aller Offenheit zu reden, ist weder überflüssig noch unzulässig: Für uns Kritiker gilt nach wie vor Lessings Wort, der Kunstrichter dürfte nie verraten, daß er von seinem Autor mehr wisse, als ihm die Schriften desselben sagen können. Daraus aber folgt: Alles, was der Kritiker den Schriften entnehmen kann, das darf er auch tatsächlich verwenden.

Die Erinnerungen Hilde Spiels zeigen uns das Bild einer Intellektuellenehe und der gleichzeitigen Freundschaft mit einem anderen Mann, wiederum einem Intellektuellen und Literaten. Es sei eine Dreierbeziehung mit gegenseitiger Duldung der beiden Herrn gewesen, eine Menage, die von den Beteiligten »zumeist mit großer, wenn auch vielleicht äußerer Gelassenheit gehandhabt wurde«.

Für ihre eigene Rolle in dieser Konstellation findet sie eine knappe Formulierung: Sie spricht von »geteilter Loyalität«. Allerdings wissen wir, daß sich die Loyalität nie so genau halbieren läßt: Der einen Person wird immer etwas mehr, der anderen etwas weniger Loyalität gegönnt. Und auch die Gelassenheit hatte offenbar ihre Grenzen, da in einem Nebensatz überraschend von einem Hausverbot und von einer Verbannung die Rede ist.

Die Ehe mit Peter de Mendelssohn wird immer schwieriger, Wimbledon sei es gewesen, diese »Monotonie im grünen Grab«, was diese Ehe zerrüttet habe. Wirklich? Wimbledon? Ich weiß es nicht besser, aber ich kann auch die schönen, die vielen erotischen Abenteuer nicht vergessen, auf die die Autobiographin in den vorangegangenen Kapiteln ihres Buches andeutend oder berichtend zu sprechen gekommen war. Irgendwann ist Mendelssohns Geduld zu Ende, er telefoniert aus London, er wolle nun Schluß machen: »Natürlich weinte ich lange, wie so oft, unablässig hin- und hergezerrt zwischen dieser und jener Zugehörigkeit. Dann fuhren Flesch und ich nach Ischl und aßen zu Mittag Forellen im Hotel Post.« Und sie war wieder glücklich.

Ich habe im Dienste der deutschen Literatur schon allerlei ertragen und erprobt. Schwimmend habe ich den von Max Frisch erbauten *swimming-pool* in Zürich-Letzigraben geprüft. Mein Leben riskierend, habe ich mich vom herzkranken Ernst Schnabel in zweitausend Metern Höhe über den Lago Maggiore fliegen lassen. Ich habe sogar eine Suppe gegessen, gekocht von Günter Grass.

Nun wollte ich auch noch nach Bad Ischl reisen, um mich von der wohltuenden, der therapeutischen Wirkung der dort servierten Forellen zu überzeugen. Aber ich habe es doch unterlassen, denn ich vermute, daß die Forellen im Hotel Post tränenreiche Krisen nur dann lindern und beheben können, wenn man sie in Gesellschaft eines Menschen zu sich nimmt, den man sehr liebt.

Über Hans Flesch-Brunningen schreibt Hilde Spiel: »Er war mir Freund, Freundin und Bruder, er war mir – nur neun Jahre jünger als der Verstorbene –

ein Vater, er war mir Wien ...« Aber des Lebens ungemischte Freude ward keinem Irdischen zuteil. Im Alter wird Flesch immer schwieriger, zunehmend launischer und zänkischer. Damit konnte man vielleicht rechnen, doch nicht mit dem, was sich 1977 abspielte: Der Zweiundachtzigjährige, dessen Anziehungskraft auf die Generation der Enkel unleugbar sei, verliebt sich in eine um ein halbes Jahrhundert jüngere Frau, er stürzt sich »mit nahezu wahnwitzigem Ungestüm in seine neu erwachten Gefühle und mich in eine Verzweiflung, wie sie mir seit dem ersten Liebeskummer meines Lebens nicht mehr widerfahren ist«, er sei »wahrhaft besessen von seiner Leidenschaft« und könne »in manischer Weise von nichts anderem mehr reden«.

Das Zusammenleben mit Flesch, einst von einzigartiger Gleichgestimmtheit, werde nun zur Hölle, ein Dämon komme zum Vorschein, »den ich nie vermutet hätte, der mich täglich mehr peinigt, der mir keine Kränkung erspart«. Von Anfällen wahrer Geistesverwirrung hören wir, der Verliebte schrecke nicht einmal vor Gewaltakten zurück. Von Verblendung ist die Rede, von Wahnsinn. Ja, er ist wahnsinnig wie der alte Lear und zugleich verliebt wie der Jüngling Romeo aus dem Geschlecht der Montagues. Aber ist nicht Liebe immer auch Verblendung, immer auch in der Nähe des Wahnsinns?

Und die andere, die um ein halbes Jahrhundert jüngere Person – sie habe, schreibt Hilde Spiel, mit »kaltherziger Koketterie« die Emotionen des alten Mannes geschürt: Die Bedrohung seiner überreizten Nerven nicht achtend, habe sie die Flamme ständig angefacht. Kaltherzige Koketterie? Vielleicht muß man das so nennen. Vielleicht aber hat jene Person dem Zweiundachtzigjährigen sein letztes Glück bereitet. Es mag etwas zynisch klingen, wenn ich noch hinzufüge – sie hat Hilde Spiel viele Leiden bereitet, ihr aber zugleich zum ergreifendsten Kapitel dieses Buches verholfen.

In einem Brief aus dem Jahr 1811 meinte Goethe: »Ein bedeutendes Individuum weiß uns immer für sich einzunehmen, und wenn wir seine Vorzüge anerkennen, so lassen wir das, was wir an ihm problematisch finden, auf sich beruhen.«

Immer zwischen den Welten

Es begann im Jahre 1961. Von der Tageszeitung ›Die Welt‹ erhielt ich den Auftrag, Hilde Spiels Buch ›Welt im Widerschein‹, einen Band mit ihren essayistischen Arbeiten über österreichische und englische Literatur, zu rezensieren. Zu jener Zeit kannte ich von dieser Autorin kaum mehr als einige Zeitungsartikel.

Nun las ich ihre gesammelten Aufsätze mit wachsender Sympathie, mit Vergnügen, mit Bewunderung. Am meisten versetzte mich der Stil Hilde Spiels in Erstaunen. Mit Grazie schreibe sie und mit Eleganz, mit Geist und mit Temperament – heißt es in meiner Rezension von 1961. Nicht weniger charakteristisch sei die beneidenswerte Leichtigkeit, mit der es ihr gelinge, auch komplizierte Zusammenhänge darzulegen, richtiger: durchsichtig zu machen. Die so ausgiebig Gelobte war, versteht sich, sehr zufrieden. Sie konnte nicht ahnen, was da noch kommen werde.

1965 erschien Hilde Spiels Roman ›Lisas Zimmer‹, der, in englischer Sprache verfaßt und 1961 in London und New York veröffentlicht, jetzt in einer deutschen Version zugänglich gemacht wurde. Ich beschloß, das Buch zu besprechen, zumal es die Autorin selber war, die es übersetzt hatte. Um es kurz zu machen: Die Lektüre dieses Romans hat mich entsetzt. Und ich sah keine Möglichkeit und auch keinen Grund, meine Einwände zu verheimlichen. Was ich zu sagen hatte, war in der ›Zeit‹ vom 8. Oktober 1965 zu lesen.

Ich meinte, alle Bemühungen der Erzählerin, den Farben, Tönen und Gerüchen dieser Welt gerecht zu werden, seien vergeblich gewesen. Ich klagte über hochdramatische Szenen mit Knalleffekten. Ich fand die Gestalten klischeehaft oder gar »dem Arsenal einer Literatur entnommen, die mit dem, was wir – selbstverständlich auch Hilde Spiel – unter Literatur verstehen, nichts mehr gemein hat«. Ich belegte meine Ansichten mit, wie mir schien und nach wie vor scheint, geradezu entwaffnenden Zitaten. Das alles war hart, noch weiter konnte man kaum gehen.

Gleichwohl hielt ich es für zulässig – um einen Ausdruck von August Wilhelm Schlegel zu verwenden –, »die Pille des Tadels zu vergolden«. Abermals rühmte ich die Natürlichkeit und die Präzision des Stils von Hilde Spiel. Ich machte auf gelegentliche schöne Aperçus aufmerksam und auch auf allerlei treffende Beobachtungen.

Überdies war mir ein Umstand aufgefallen, dem ich in bester Absicht Bedeutung beigemessen hatte. Auf der letzten Seite von ›Lisas Zimmer‹ findet sich eine überraschende Feststellung: Ein Autor, heißt es da, identifiziere sich nicht immer mit seinen Büchern. Sonderbar: In der englischen Ausgabe war nämlich dieser Hinweis noch nicht enthalten. Er wurde also mit Bedacht hinzugefügt – für die deutschsprachige Leserschaft, vielleicht aber vor allem für die Kritik. Mit dieser beiläufigen und im Grunde doch banalen, mit dieser augenzwinkernden Erklärung habe Hilde Spiel, vermutete ich, wohl von ihrem Roman diskret abrücken und sich oder uns davor bewahren wollen, ihn gar zu ernst zu nehmen. Oder war ›Lisas Zimmer‹ in erster Linie dazu bestimmt – so fragte ich mich bekümmert –, den amerikanischen Buchmarkt zu erobern?

Wie auch immer: Gegen die Erzählerin, die Romanautorin Hilde Spiel hatte ich in meiner Kritik die angesehene, die glänzende Kulturberichterstatterin und die wunderbare Essayistin gleichen Namens ins Feld geführt. War damit ihr Schmerz einigermaßen gemildert? Dies glaubte und hoffte ich, als ich sie mehrere Monate später in Hannover zu einem Rundfunk-Gespräch traf. Aber ich hatte mich gründlich geirrt, mich hatte die Souveränität getäuscht, mit der Hilde Spiel, freundlich lächelnd, über die entschiedene Ablehnung ihres Romans sprach. Erst im Laufe der Jahre, als ich sie näher kennenlernte, begriff ich, daß meine Kritik, übrigens die einzige ausführliche, die damals über ›Lisas Zimmer‹ zu lesen war, einen ihrer wunden Punkte getroffen hatte, ja, einen ganz besonders empfindlichen.

Es ist eine alte Geschichte: Der Schauspieler, der als Falstaff oder Tartuffe brilliert, träumt insgeheim vom Othello oder Macbeth oder gar vom Hamlet. Keinem Komiker genügen die Triumphe in seinem Fach, jeder möchte auch als Tragödie reüssieren. Bei den Schriftstellern ist es kaum anders: Viele von ihnen wollen sich mit ihrer Domäne nicht zufriedengeben, das Fremde lockt sie, auf einem anderen, ihnen bisher unzugänglichen Gebiet möchten sie sich bewähren.

Nichts wäre törichter, als jene zu verurteilen, die

zu machen versuchen, was sie noch nie gemacht haben. Nicht selten verdanken wir gerade solchen Seitensprüngen oder Grenzüberschreitungen originelle und bedeutende Werke. Aber die Zahl der Fehlschläge ist wohl hier erheblich größer. Thomas Mann, Robert Musil, Alfred Döblin oder Arnold Zweig waren, wie man weiß, geborene Erzähler. Als Dramatiker indes blieben sie so erfolglos wie in der nächsten Generation Böll oder Nossack. Lyriker möchten das Publikum auch mit erzählenden Arbeiten erreichen oder auf der Bühne – doch will es nicht recht gelingen. Man denke an Celan, Eich und Krolow, an Enzensberger oder Rühmkorf. Und die Kritiker, die Essayisten? Wenn sie bisweilen mit einer Novelle aufwarteten oder sich gar an einen Roman heranwagten, ging es beinahe immer schief. Ein Glück ist es, daß manch ein epischer Versuch der Kritiker nie gedruckt wurde.

Hilde Spiel hatte als Erzählerin begonnen. Sie war kaum 21 Jahre alt, als ihr kleiner Roman ›Kati auf der Brücke‹ gern gelesen und sogar mit einem Preis ausgezeichnet wurde. Bald folgte die Erzählung ›Verwirrung am Wolfgangsee‹ (1935) und dann der in Italien spielende Roman ›Flöte und Trommeln‹, der erst 1939 gedruckt werden konnte und zunächst nur in einer englischen Fassung. Liest man diese leichtgewichtigen und auch durchaus unterhaltsamen Bücher heute, dann versteht man sogleich zweierlei auf einmal: Das freundliche Echo, das sie damals hatten, ebenso wie die Tatsache, daß sie den Zweiten Weltkrieg nun doch nicht überleben konnten.

In Wagners ›Meistersingern von Nürnberg‹ singt Hans Sachs:

Mein Freund! In holder Jugendzeit,
wenn uns von mächt'gen Trieben
zum seli'gen ersten Lieben
die Brust sich schwellet hoch und weit,
ein schönes Lied zu singen
mocht' vielen da gelingen:
der Lenz, der sang für sie.

So war es auch mit Hilde Spiel: Ihre frühen Erfolge hatten nicht nur mit ihrer schriftstellerischen Leistung zu tun, sondern auch mit ihrer Jugend. Der Lenz, der sang für sie – aber sie weigerte sich hartnäckig, dies zu erkennen, ein Leben lang wollte sie sich mit der Eigenart und mit den Grenzen ihres Talents nicht abfinden.

Und je mehr sie als Essayistin und Journalistin geschätzt und gerühmt wurde, desto nachdrücklicher beklagte sie die geringe Beachtung ihrer belletristischen Hervorbringungen. Nicht wenige dieser zum Teil schon erheblich früher entstandenen Bücher wurden in den achtziger Jahren publiziert – so ›Mirko und Franca‹ (1980), ein Film-Drehbuch und zugleich eine Erzählung, so der noch aus der Kriegszeit stammende Roman ›Die Früchte des Wohlstands‹ (1981), so die Geschichtensammlung ›Der Mann mit der Pelerine‹ (1985), so schließlich ein größeres Film-Drehbuch, das zwar nie realisiert wurde, aus dem aber das Stück ›Anna und Anna‹ (1988) hervorgegangen ist.

Trotz eines also, zumindest was den Umfang betrifft, keineswegs kargen belletristischen Werks – es sind ja immerhin acht Buchpublikationen – hörte Hilde Spiel nicht auf, sich in elegischer Stimmung über ihr Schicksal zu beschweren. Dies zielte immer wieder auf die lästige »Tagesarbeit« ab: Sie gönne ihr nicht die Muße, die sie für ihre epischen und dramatischen Vorhaben dringend brauche. An Einfällen mangele es ihr nicht, nur würden sie stets von den laufenden Pflichten erdrückt, sie ertrinke im »Meer der Zeitungswörter«, sie sei »eingebettet und vergraben in, überflutet und zugedeckt von, zur Erschlaffung der Geisteskraft getrieben durch Kleinkraft, Windspruch, Tagesgestammel«, sie zapple »im Netz der notwendigen Überflüssigkeiten«, sie verausgabe sich in »lebensunwichtigen Sicherungen des Lebens«, die nur durch den »täglichen Detailverkauf« ihres Wortbesitzes und ihres Bilderreichtums zu erwerben seien.

Tatsächlich war Hilde Spiel überzeugt, ungünstige Lebensbedingungen, zumal die Abhängigkeit von der Tagesarbeit, würden es ihr unmöglich machen, zu vermitteln, was nur sie vermitteln könne, sie allein. Das hingegen, was sie »erhelle, durchleuchte, kommentiere, kritisiere«, das könne auch jeder andere erhellen, durchleuchten, kommentieren und kritisieren. Das Gegenteil trifft zu. Das soll heißen: Ob das, was in ihren Romanen und Geschichten, ihren Drehbüchern und gelegentlichen Gedichten, ausgedrückt ist, nur sie mitteilen konnte, braucht gar nicht geklärt zu werden. Denn in allen diesen Arbeiten ist die künstlerische Kraft, die sie zu beglaubigen imstande wäre, nur sehr schwach.

Wo aber Hilde Spiel darauf aus war, Phänomene unterschiedlichster Art zu erhellen und zu durchleuchten, zu kommentieren und zu kritisieren, wo sie dem Leser zeigen und verdeutlichen, spürbar und bewußt machen wollte, was sie gelesen, gesehen und gehört, erlebt und empfunden hatte, wo sie, die kleine Form bevorzugend, über Literatur und Theater schrieb, über Filme und Ausstellungen, über Städte und Landschaften, vor allem aber über Menschen, über Schriftsteller, Maler und Schauspieler – da glückten ihr Prosastücke von hoher, ja bisweilen von höchster Qualität: Essays und Feuilletons, Kritiken und Porträts, Reiseschilderungen und Tagebücher, Skizzen und Glossen.

Richtig ist, daß viele dieser Beiträge Pflichtleistungen waren, die mitunter innerhalb von nur wenigen Stunden geschrieben werden mußten. Routinearbeiten also? Das trifft schon insofern zu, als es Hilde Spiel, die jahrzehntelang als Kulturkorrespondentin tätig war, an journalistischer Routine nicht gefehlt hat. Aber was immer sie aus der Hand gab, die kurze Besprechung einer belanglosen Premiere, die Glosse zu einem Vorfall, der schon einige Tage später vergessen war, der Hinweis auf einen alten Mimen, an den man sich kaum noch erinnern konnte, dessen Tod jedoch in der Zeitung nicht unerwähnt bleiben sollte – alles ist in jenem wohlklingenden Deutsch formuliert, das sich trotz der meist erforderlichen Knappheit ebenso durch Anmut auszeichnet wie durch Sachlichkeit. Auch ihre kürzeste Notiz, kaum mehr als zehn oder zwanzig Druckzeilen umfassend, ist geprägt von

Hilde Spiels melodiösem, von ihrem unverwechselbaren Stil.

Eine Fülle dieser kleinen Arbeiten, zwischen 1963 und 1990 für die ›Frankfurter Allgemeine Zeitung‹ verfaßt, vereint der von Hans A. Neunzig herausgegebene Band ›Die Dämonie der Gemütlichkeit. Glossen zur Zeit und andere Prosa‹ (1991). In einer editorischen Nachbemerkung heißt es: »Die Auswahl haben die Autorin und der Herausgeber miteinander diskutiert und abgestimmt.« So war es: Noch auf ihrem Totenbett – sie starb am 30. November 1990 – hat sie dem Herausgeber Wünsche hinsichtlich der Auswahl mitteilen lassen. Wie ihr Stoizismus blieb auch ihr Verantwortungsbewußtsein ungemindert.

In einem ihrer Aufsätze unterscheidet Hilde Spiel zwischen dem kreativen Schriftsteller und dem kritischen – als habe sie nicht gewußt, daß es oft gerade die kritischen Schriftsteller waren, die sich als die wahrhaft kreativen erwiesen. Um diese Behauptung zu belegen, muß man nicht unbedingt auf Walter Benjamin zurückgreifen, auf Kurt Tucholsky oder Alfred Polgar. Vielmehr bietet sich sogleich das Werk Hilde Spiels an. Sie, der so daran gelegen war, als Romanautorin zu gelten, hat tatsächlich ein vorzügliches episches Werk geschrieben – das freilich nicht ein Roman im landläufigen Sinne ist: Ich meine die große Biographie ›Fanny von Arnstein oder Die Emanzipation. Ein Frauenleben an der Zeitenwende 1758–1818‹ (1962). Dieses viel zu wenig bekannte Buch weist seine Autorin als Wissenschaftlerin und als Künstlerin aus, als Historikerin und als Erzählerin.

Ihre Memoiren (›Die hellen und die finsteren Zeiten‹, 1989, und ›Welche Welt ist meine Welt?‹, 1990), die sie sich, an der tödlichen Krankheit leidend, in den letzten Jahren und Monaten ihres Lebens abgerungen hat, sind nicht ganz frei von Durststrecken und Schönheitsfehlern. Dennoch: Diese Selbstdarstellung, die scharfsinnige Reflexion mit zarter Impression verbindet und nüchterne Chronik mit äußerst anschaulicher Erzählung und in der an den Höhepunkten erkennbar wird, wonach sich Hilde Spiel immer gesehnt hat: die Poesie – diese Autobiographie ist mit Sicherheit ihren Romanen vorzuziehen.

Aber sie empfand die beiden Bände mit den Erinnerungen und das starke Echo, das sie hatten – nie hat ein Buch Hilde Spiels so viele Leser gehabt –, nun doch nicht als Krönung ihres Lebens. Und es ist so verwunderlich wie aufschlußreich, daß in ihrer Vorstellung diese Rolle und Bedeutung einem ganz anderen Umstand zukam. Das Film-Drehbuch ›Anna und Anna‹, eine redliche Arbeit, der man allerdings den Vorwurf, sie befände sich in der bedenklichen Nähe zeitgeschichtlicher Schulfunk-Sendungen, kaum ersparen kann, wurde im April 1988 in Wien uraufgeführt. Nun ja, man spielte eine stark gekürzte Fassung, nicht einmal die Hälfte des Textes, und man spielte nicht auf einer regulären Bühne, sondern bloß in einem winzigen Raum, in einem Vestibül. Aber es war ein Raum im Hause des Burgtheaters, es war ein Vestibül, in dem einst die kaiserlichen Hoheiten sich versammelt hatten, bevor sie hinauf in die Hofloge stiegen.

Man darf nicht vergessen, daß Hilde Spiels Verhältnis zu Österreich schwierig und auch kompliziert war. Es ist ihr, alles in allem, im englischen Exil besser ergangen als anderen, die dort in den dreißiger Jahren Zuflucht gesucht hatten. Materielle Sorgen hat sie damals nur vorübergehend gekannt und in relativ erträglichem Ausmaß. Sie sprach und schrieb ein Englisch, das den in dieser Hinsicht so anspruchsvollen Inselbewohnern Respekt abnötigte. Sie verkehrte, anders als die meisten Emigranten, in einem Milieu, das ihrem Umgang in der Heimat ähnlich war – unter Schriftstellern, Journalisten, Künstlern. Und sie scheint, nachdem sie auch noch britische Staatsbürgerin geworden war, überzeugt gewesen zu sein, daß sie von den Einheimischen akzeptiert wurde und in die Londoner literarische oder intellektuelle Öffentlichkeit integriert war.

Die Enttäuschung und die Verbitterung kamen gleich nach dem Ende des Zweiten Weltkrieges. Doch erst in den siebziger Jahren, als sie längst wieder in Österreich ansässig war, äußerte sich Hilde Spiel über die Erfahrungen des Emigranten: »Niemand, der nach dem Ende der Kindheit verpflanzt wurde, kann die Züge … des Entwurzelten verleugnen«, alle müßten die gleichen quälenden Erfahrungen machen: »Heimweh, das Gefühl des Ausgestoßenseins, des Unverstandenseins, der unüberbrückbaren Barrieren von Sprache, Tradition, Erziehung, Gewohnheit, familiären Bezügen, die den Emigranten von jenen trennen, unter denen er Asyl gefunden hat«.

Aber anders als etwa Friedrich Torberg oder Hans Weigel, die sofort nach Kriegsende wieder in Wien waren, konnte sich Hilde Spiel viele Jahre lang zur Rückkehr nicht entscheiden. Und als sie sich 1963 endgültig wieder in Österreich ansiedelte, mußte sie sich rasch davon überzeugen, daß sie nicht mehr in ihrer alten Heimat war: »Es begannen sich Sprünge und Risse zu zeigen in dem Boden, auf dem ich vermeintlich wieder so sicher stand, in dem Erdreich, aus dem ich einst meine Wurzeln gerissen und in das ich sie von neuem eingegraben hatte ... Die Daheimgebliebenen und die Fortgegangenen ... kamen nie wieder ganz zusammen, blieben in Wahrheit durch eine unsichtbare Linie für immer getrennt«, unheilbar sei der Bruch vor allem für jene – und Hilde Spiel sprach aus eigener Erfahrung –, »die zu lange gezögert und zu spät begriffen hatten, daß ein noch so freundliches Asyl keine Heimat war«.

Von der inneren Emigration ist die Rede, in der es sich aber immer noch besser leben lasse als in der Fremde, im Exil. In einem bekenntnishaften Aufsatz mit dem Titel ›Ich lebe gern in Österreich‹ schrieb Hilde Spiel den verräterischen Satz: »Ich bin eins mit der Stadt, der Landschaft, der Musik, der Literatur, nicht immer und unter allen Umständen mit den Menschen.« Da rührte sie wieder einmal an einer ihrer nie geheilten Wunden. Denn Österreich ist ohne die Österreicher nicht zu haben, das gibt es eben nicht.

Doch Hilde Spiel suchte Schutz hinter einer nicht ganz glaubwürdigen, einer schwermütig-koketten Frage: Wer brauche denn Menschen, wenn er den Umgang haben könne mit Kari Bühl und Genia Hofreiter, mit Editha Pastré und Oberleutnant

Siverstolpe? Dies indes sind keine realen Personen, sondern Figuren aus Stücken von Hofmannsthal und Schnitzler, aus Romanen von Doderer und Lernet-Holenia. Die Literatur also als Lebensersatz? Nicht neu ist diese Lösung, schon Heine sprach vom »portativen Vaterland«. Aber machen wir uns nichts vor: So schön sie auch sein mag, eine Notlösung ist es allemal.

Die Versöhnung zwischen Hilde Spiel, ihrem Vaterland und ihrer Vaterstadt erfolgte nicht. Dazu hat auch beigetragen – man unterschätze derartiges nicht –, daß sie zwar einige kleinere Literaturpreise erhalten hatte, nicht aber den ersehnten Österreichischen Staatspreis, der anderen Schriftstellern ihrer Generation sehr wohl zugekommen war. Und keine Filmgesellschaft und keine Fernsehanstalt zeigten sich bereit, ›Anna und Anna‹ zu drehen.

In dieser Situation wurde die längst entmutigte Autorin von der Aufführung im Burgtheater überrascht. Und fand sie auch nur in einem schmalen Nebenraum statt – Hilde Spiel, immer so ehrgeizig wie der Harmonie bedürftig, sah darin eine Geste der Wiedergutmachung: Die Gerechtigkeit habe schließlich doch gesiegt. Genauer: Sie glaubte ein Zeichen zu sehen – nämlich der ein Leben lang gewünschten und ihr immer wieder vorenthaltenen Anerkennung eben nicht als Feuilletonistin und Essayistin, sondern als Dichterin.

Wie sie bis zu Ende zwischen England und Österreich schwankte, so auch zwischen ihren beiden Sprachen. In die alte Heimat zurückgekehrt, beabsichtigte sie keineswegs, sich nun auf das Deutsche

Wien, im September 1990. Hilde Spiel mit Marcel Reich-Ranicki, seiner Frau Teofila u. a. im Palais Pallavicini.

zu konzentrieren: Sie war entschlossen, in beiden Kulturen, in beiden Sprachen weiterzuleben. Das habe auf ihr Deutsch, meinte sie, einen äußerst fruchtbaren Einfluß ausgeübt; dank dem Englischen, das ihr die falsche Tiefe austrieb, vermochte sie das Deutsche erst richtig zu handhaben. Das leuchtet ein, das trifft gewiß zu. Nur fragt es sich, ob der Wunsch, gleichzeitig hier wie da zu wirken, eine deutsche und doch auch eine englische Schriftstellerin zu sein, ihrem Werk zuträglich war. Jedenfalls hielt sie bis zuletzt an dieser Zweigleisigkeit fest: So schrieb sie Mitte der achtziger Jahre für einen englischen Verleger in englischer Sprache ein kulturgeschichtliches Buch, das 1987 unter dem Titel ›Vienna's Golden Autumn‹ in London erschien – und noch im selben Jahr unter dem Titel ›Glanz und Untergang – Wien 1866–1938‹ in München. Hier freilich in einer »autorisierten Übersetzung aus dem Englischen«. Indes war es nicht etwa Hilde Spiel selber, die diese wichtige und kenntnisreiche Darstellung ins Deutsche übersetzt hatte.

Noch in einem anderen Sinne gehörte sie, ob sie es wollte oder nicht, mehr als einer Sphäre an. Der Titel des nur wenige Wochen vor ihrem Tod veröffentlichten Memoirenbandes ›Welche Welt ist meine Welt?‹ trifft ihre Existenz mitten ins Herz. So war Hilde Spiel die Tochter von Juden, die vor ihrer Geburt zum katholischen Glauben übergetreten waren. Sie selber wurde im christlichen Geist erzogen, doch war sie im Sinne der Nürnberger Gesetze eine Jüdin und wäre der Vergasung kaum entgangen, wenn sie sich nicht rechtzeitig in Sicherheit gebracht hätte. Nach ihrer Rückkehr hat man sie auffallend oft in Österreich und auch in Deutschland nach ihrer jüdischen Herkunft befragt und auf diese Herkunft, wie sie einmal sagte, »festgenagelt«. Und nicht selten wurde sie in Artikeln oder Interviews als »jüdische Schriftstellerin« apostrophiert. Sie reagierte hierauf zunächst verwundert und später wohl resigniert.

Im Fazit ihres Buches ›Glanz und Untergang‹ sagt Hilde Spiel, es wäre ihr lieber gewesen, in diesem Bericht über eine große Kulturepoche »nicht in jedem einzelnen Fall hinzufügen zu müssen, welche der Männer und Frauen, die sie mitbewirkt hatten, jüdischer Herkunft waren. Sie selbst hätten vorgezogen, ganz einfach als österreichische Dichter, Maler, Komponisten oder Wissenschaftler angesehen zu werden. Das war und ist immer noch ein utopischer Wunsch«. Von anderen sprach hier Hilde Spiel und meinte zugleich sich selber: Auch ihr wäre es lieber gewesen, »ganz einfach« als österreichische Schriftstellerin zu gelten. Aber niemand kann sich seine Epoche aussuchen.

Bestattet wurde sie nach katholischem Ritus in Bad Ischl. Ihrem Wunsch gemäß fand die Beerdigung nur im Kreis der Familie und der nächsten Freunde statt. Kein Vertreter des Staates durfte ihrem Sarg folgen. In der Todesanzeige war nicht ein religiöser Spruch zu lesen, sondern ein Wort Shakespeares:

»Dulden muß der Mensch
Sein Scheiden aus der Welt, wie seine Ankunft:
Reif sein ist alles.«

Nachweise

»Wer hat Angst vor Hilde Spiel?« – Zuerst gedruckt in: ›Wort in der Zeit. Österreichische Literaturzeitschrift‹, Heft 1–2, 1965.

»Wem sagen Sie das? Über einen Roman der vorzüglichen Essayistin Hilde Spiel« – Zuerst gedruckt in: ›Die Zeit‹ vom 8. Oktober 1965.

»In den Lüften Europas.« Rede zum siebzigsten Geburtstag von Hilde Spiel, gehalten in Wien am 27. Oktober 1981. – Zuerst gedruckt in: ›Börsenblatt für den Deutschen Buchhandel‹ vom 19. Januar 1982.

»Das Wappen mit dem Fragezeichen.« Lobrede auf Hilde Spiel aus Anlaß der Verleihung des Ernst-Robert-Curtius-Preises für Essayistik am 16. April 1986 im Rathaus der Stadt Bonn. – Zuerst gedruckt in der ›Frankfurter Allgemeinen Zeitung‹ vom 24. Mai 1986.

»Kann uns zum Vaterland die Fremde werden?« Rede aus Anlaß der Präsentation am 12. Oktober 1989 (während der Frankfurter Buchmesse) von Hilde Spiels Buch ›Die hellen und die finsteren Zeiten. Erinnerungen 1911–1946‹. – Zuerst gedruckt unter dem Titel »Noch immer etwas Angst vor Hilde Spiel« in der ›Weltwoche‹ vom 2. November 1989.

»Den Kuchen aufessen und ihn doch haben.« Rede aus Anlaß der Präsentation am 20. September 1990 im Palais Pallavicini in Wien von Hilde Spiels Buch ›Welche Welt ist meine Welt? Erinnerungen 1946–1989‹. – Zuerst gedruckt unter dem Titel: »Hilde Spiel oder Die Heimatlosigkeit« in der ›Frankfurter Allgemeinen Zeitung‹ vom 24. November 1990.

»Immer zwischen den Welten«. Zuerst gedruckt in: ›Die Zeit‹ vom 12. September 1991 (gekürzt).

Einige dieser Texte erschienen 1991 in ›Reden auf Hilde Spiel‹, München.

Hilde Spiel

Biographische Notiz und Bibliographie

Hilde Spiel
Biographische Notiz

Geboren in Wien am 19. Oktober 1911 als Tochter des Naturwissenschaftlers Dr. Ing. Hugo F. Spiel und seiner Frau Maria.

Besuch der Mittelschule (Frauenerwerbverein und Schwarzwaldschule). Studium an der Universität Wien bei Moritz Schlick und Karl Bühler. Promotion zum Dr. phil. mit einer Arbeit über die »Darstellungstheorie des Films« im Februar 1936. Im Herbst desselben Jahres Heirat mit Peter de Mendelssohn und Übersiedlung nach London. In England Fortsetzung der schriftstellerischen Tätigkeit und Mitarbeit am ›New Statesman‹.

Als Korrespondentin des ›New Statesman‹ im Januar 1946 erste Rückkehr nach Wien. Vom Herbst 1946 bis Sommer 1948 Wohnsitz in Berlin, unter anderem als Theaterkritikerin der Berliner Ausgabe der ›Welt‹. 1948 Rückkehr nach London. Kulturberichterstatterin erst der ›Neuen Zeitung‹, dann der ›Süddeutschen Zeitung‹, des ›Tagesspiegels‹, der ›Weltwoche‹, der ›Haagschen Post‹, des ›Neuen Österreich‹ und mehrerer deutscher Rundfunkstationen.

Ab 1955 ein österreichischer Wohnsitz in Sankt Wolfgang, Salzkammergut. Endgültige Rückkehr nach Österreich 1963. Kulturberichterstatterin der ›Frankfurter Allgemeinen Zeitung‹, bis etwa 1970 auch der ›Weltwoche‹ und des ›Guardian‹ in Wien. Heirat mit Hans Flesch v. Brunningen 1971.

Mitglied des Internationalen P. E. N. seit 1937, dessen Londoner Zentrum sie bis zuletzt angehörte. Von 1965 bis 1972 zuerst Generalsekretärin, dann Vizepräsidentin des Österreichischen P. E. N., aus ihm 1972 ausgetreten. Von 1974–1976 Vorstandsmitglied des P. E. N. der Bundesrepublik Deutschland, dem sie weiterhin angehörte. Viele Jahre Mitglied des ›Writers in Prison‹-Committee des Internationalen P. E. N.

1970–1972 (Mit Milo Dor) Begründerin und erste Präsidentin der Interessengemeinschaft österreichischer Autoren.

1980 zum Mitglied der Grazer Autorenversammlung gewählt.

Von 1972 an Mitglied der Deutschen Akademie für Sprache und Dichtung in Darmstadt und seit 1983 Mitglied der Bayerischen Akademie der Künste.

Hilde Spiel starb am 30. November 1990 in Wien.

Hilde Spiel

Bibliographie

Kati auf der Brücke. Roman. Wien 1933.
NA in *Frühe Tage.* 3 Romane. München 1986.

Verwirrung am Wolfgangsee. Roman. Wien 1935.
NA unter dem Titel *Sommer am Wolfgangsee.* Hamburg 1961.
NA in *Frühe Tage.* 3 Romane. München 1986.

Flute and Drums. Roman. London 1939.

Flöte und Trommeln. Roman. Wien 1948 und Hamburg 1949.
NA in *Frühe Tage.* 3 Romane. München 1986.

Der Park und die Wildnis. Essays. München 1953.

London. Bildband mit Elisabeth Niggemeyer. München 1956.

Laurence Olivier. Biographie. Berlin 1958.

Welt im Widerschein. Essays. München 1960.

The Darkened Room. Roman. London 1961.

Lisas Zimmer. München 1965.

La Camera di Lisa. Mailand 1968.

Op Lisa's Kamer. S'Gravenhage 1970.

Lizina Soba. Maribor 1970.

Fanny von Arnstein oder Die Emanzipation. Biographie. Frankfurt am Main 1962.

Richard III. Essay. 1964.

Der Wiener Kongreß in Augenzeugenberichten. Düsseldorf 1965.

Verliebt in Döbling. Bildband mit Franz Vogler. Wien 1966.

Rückkehr nach Wien. Tagebuch. München 1968.

Städte und Menschen. Essays. Wien 1972.

Kleine Schritte. Berichte und Geschichten. München 1976.

Mirco und Franca. Erzählung. München 1980.

Die Früchte des Wohlstands. Roman. München 1981.

In meinem Garten schlendernd. Essays. München 1981.

Englische Ansichten. Essays. Stuttgart 1984.

Der Mann mit der Pelerine. Geschichten. Bergisch Gladbach 1985.

Frühe Tage. 3 Romane (*Kati auf der Brücke*, *Verwirrung am Wolfgangsee*, *Flöte und Trommeln*). München 1986.

Glanz und Untergang. Wien 1866–1938. München 1987.

Die hellen und die finsteren Zeiten. Erinnerungen 1911–1946. München 1989.

Anna und Anna. Ein Filmdrehbuch für die Bühne eingerichtet. Wien 1989.

Welche Welt ist meine Welt? Erinnerungen 1946–1989. München 1990.

Die Dämonie der Gemütlichkeit. Glossen zur Zeit und andere Prosa. Zusammengestellt und herausgegeben von Hans A. Neunzig. München 1991.

Das Haus der Dichter. Literarische Essays, Interpretationen, Rezensionen. Zusammengestellt und herausgegeben von Hans A. Neunzig. München 1992.

Hilde Spiel: Briefwechsel. Hg. von Hans A. Neunzig. München 1995.

Herausgegeben und eingeleitet:

England erzählt. Kurzgeschichten. Frankfurt am Main 1960.

Herausgegeben und mitverfaßt:

Wien – Spektrum einer Stadt. München und Wien 1971.

Die zeitgenössische Literatur Österreichs. Band IV von Kindlers Literaturgeschichte der Gegenwart. München 1976.

Beiträge in Anthologien u. a.:

Lebenslernzeit. Erzählungen und Gedanken. München 1989.

Venedig. Theater der Träume. München 1988.

Außerdem Beiträge in einer Reihe von deutschsprachigen und englischen Anthologien. Darunter *Gustav Mahler und Wien*, *The Jews of Austria*, *Genius in the Drawing-Room* und Essays, z. B. in Virginia Woolf *Augenblicke.* Stuttgart 1981.

Übersetzungen:

W. H. Auden, Graham Greene, Elizabeth Bowen, Nigel Balchin, Rumer Godden, Emelyn Williams, John Arden, Joe Orton, David Mercer, Tom Stoppard, James Saunders u. a.

Marcel Reich-Ranicki

Biographische Notiz und Bibliographie

Marcel Reich-Ranicki
Biographische Notiz

Marcel Reich-Ranicki wurde am 2. Juni 1920 in Włocławek geboren, einer an der Weichsel gelegenen polnischen Kleinstadt, in deren unmittelbarer Nachbarschaft bis zum Ende des Ersten Weltkrieges die deutsch-russische Grenze verlief. Sein Vater, David Reich, war ein polnischer Jude, seine Mutter, Helene, geborene Auerbach, eine deutsche Jüdin. Die Vorfahren waren väterlicherseits Kaufleute und mütterlicherseits seit Jahrhunderten Rabbiner. In seiner Geburtsstadt besuchte Reich-Ranicki eine deutsche Volksschule, doch siedelte die Familie 1929 nach Berlin um. Dort war er Schüler zunächst des Werner-von-Siemens-Gymnasiums in Berlin-Schöneberg und dann des Fichte-Gymnasiums in Berlin-Wilmersdorf. Im Herbst 1938, kurz nach dem Abitur, wurde er verhaftet und nach Polen deportiert.

Er lebte jetzt in Warschau und ab 1940 im Warschauer Getto. In dessen Verwaltung, dem »Judenrat«, wirkte er als Übersetzer. Zugleich war er Mitarbeiter des Getto-Untergrundarchivs und nahm Anfang 1943 an einer Widerstandsaktion der Jüdischen Kampforganisation (ZOB) teil. Kurz darauf gelang ihm zusammen mit Teofila, geborene Langnas, die er 1942 geheiratet hatte, die Flucht aus dem Getto. Von nun an waren sie in Warschau im Untergrund. Sein 1973 erschienenes Buch ›Über Ruhestörer – Juden in der deutschen Literatur‹ ist dem Andenken jener gewidmet, »die von Deutschen ermordet wurden, weil sie Juden waren. Zu ihnen gehören mein Vater David Reich, meine Mutter Helene Reich, geb. Auerbach, und mein Bruder Alexander Herbert Reich.«

Nachdem er im September 1944 von der Sowjetischen Armee befreit worden war, meldete sich Reich-Ranicki freiwillig zur polnischen Armee. Er wurde der militärischen Postzensur zugeteilt. Wenig später trat er der Kommunistischen Partei Polens bei. 1946 gehörte er der Polnischen Militärmission in Berlin an, 1947 arbeitete er in der Zentrale des polnischen Geheimdienstes (Auslands-Nachrichtendienst) in Warschau und zugleich im Polnischen Außenministerium. In den Jahren 1948 und 1949 war er Konsul der Republik Polen in London. Im Herbst 1949 bat er aus politischen Gründen um seine Abberufung und kehrte nach Warschau zurück. Er wurde sofort sowohl aus dem Geheimdienst als auch aus dem Auswärtigen Dienst entlassen, aus der Kommunistischen Partei ausgeschlossen (offizielle Begründung: »ideologische Fremdheit«), inhaftiert und einige Wochen in einer Einzelzelle gefangen gehalten.

Danach wurde ihm jedoch erlaubt, in einem großen Warschauer Verlag ein Lektorat für deutschsprachige Literatur zu gründen und zu betreuen. Ende 1951 mußte er die Verlagsarbeit aufgeben und konnte sich jetzt nur noch als freier Schriftsteller betätigen: Als Kritiker befaßte er sich ausschließlich mit der deutschen Literatur der Vergangenheit und der Gegenwart. Aber Anfang 1953 hat das Zentralkomitee der Kommunistischen Partei weitere Veröffentlichungen von Reich-Ranicki untersagt. Erst während des »Tauwetters«, Ende 1954, wurde dieses gegen ihn gerichtete generelle Publikationsverbot aufgehoben.

Er schrieb Rezensionen und Essays, die in verschiedenen polnischen Zeitungen und Zeitschriften (vor allem in der Monatschrift ›Twórczość‹ und in der Wochenzeitung ›Nowa Kultura‹) und gelegentlich auch in DDR-Zeitschriften (so in der ›Neuen Deutschen Literatur‹) gedruckt wurden. Überdies verfaßte er ein Buch mit dem Titel ›Aus der Geschichte der deutschen Literatur‹ (Warschau 1955), eine Monographie über ›Die Epik der Anna Seghers‹ (Warschau 1957) und kritische Einleitungen oder Nachworte zu Werken von Goethe, Fontane, Storm, Raabe, Heinrich Mann, Hermann Hesse und anderen. Zusammen mit Andrzej Wirth übersetzte er Kafkas ›Schloß‹ (in der Bühnenfassung von Max Brod) und Friedrich Dürrenmatts ›Besuch der alten Dame‹.

Im Sommer 1958 hielt sich Reich-Ranicki zu Studienzwecken in der Bundesrepublik auf und kehrte von dieser Reise nicht mehr nach Polen zurück. Er wohnte mit seiner Familie erst in Frankfurt am Main und dann, von 1959 bis 1973, in Hamburg. Seitdem lebt er wieder in Frankfurt am Main. Nachdem er zunächst für die ›Frankfurter Allgemeine Zeitung‹ und für ›Die Welt‹ geschrieben hatte, war er von 1960 bis 1973 ständiger Literaturkritiker der Wochenzeitung ›Die Zeit‹. Von 1973 bis 1988 leitete er in der ›Frankfurter Allgemeinen Zeitung‹ die Redaktion für Literatur und literarisches Leben. Er ist jetzt weiterhin in der FAZ als Kritiker und als Redakteur der ›Frankfurter Anthologie‹ tätig.

Von 1965 bis 1972 war Reich-Ranicki Mitarbeiter der ›Encyclopaedia Britannica‹; von 1958 bis 1967 gehörte er als Kritiker der *Gruppe 47* an. Er war Mitinitiator des Klagenfurter Wettbewerbs um den Ingeborg-Bachmann-Preis und von 1977 bis 1986 Sprecher der Jury dieses Wettbewerbs. Vortragsreisen führten ihn in die USA, nach Kanada, Israel, China, Australien und Neuseeland sowie in zahlreiche europäische Länder. 1968 war er Gastprofessor für deutsche Literatur des 20. Jahrhunderts an der Washington University in St. Louis (USA) und 1969 am Middlebury College (USA). Von 1971 bis 1975 lehrte er als ständiger Gastprofessor für Neue Deutsche Literatur an den Universitäten Stockholm und Uppsala. Seit 1974 ist er Honorarprofessor an der Universität Tübingen, in den Jahren 1991/92 bekleidete er die Heinrich-Heine-Gastprofessur an der Universität Düsseldorf. Seit 1988 leitet er das ›Literarische Quartett‹ des Zweiten Deutschen Fernsehens.

Auszeichnungen unter anderem: Ehrendoktorwürde der Universität Uppsala (1972); Ricarda-Huch-Preis (1981); Thomas-Mann-Preis (1987); Bayerischer Fernsehpreis (1991); Ehrendoktorwürde der Universität Augsburg (1992) sowie der Universität Bamberg (1992); Ludwig-Börne-Preis (1995) und Ehrendoktorwürde der Universität Düsseldorf (1997).

Marcel Reich-Ranicki

Bibliographie

Selbständige Buchveröffentlichungen

Deutsche Literatur in West und Ost. Prosa seit 1945. München 1963 – Taschenbuch-Ausgabe: rororo Nr. 1313-1314-1315, Reinbek bei Hamburg 1970. – Neuausgabe: Stuttgart 1983. – Taschenbuch-Ausgabe: dtv Nr. 10414, München 1985.

Literarisches Leben in Deutschland. Kommentare und Pamphlete. München 1965.

Wer schreibt, provoziert. Kommentare und Pamphlete. dtv Nr. 384, München 1965. – Fischer Taschenbuch Nr. 11395, Frankfurt/M. 1993.

Literatur der kleinen Schritte. Deutsche Schriftsteller heute. München 1967. – Erweiterte Taschenbuch-Ausgabe: Ullstein Buch Nr. 2867, Frankfurt/M.–Berlin–Wien 1971 – Abermals erweiterte Taschenbuch-Ausgabe: dtv Nr. 11464, München 1991.

Die Ungeliebten. Sieben Emigranten. Opuscula Nr. 39, Pfullingen 1968.

Lauter Verrisse. Mit einem einleitenden Essay. München 1970. – Erweiterte Taschenbuch-Ausgabe: Ullstein Buch Nr. 3009, Frankfurt/M.–Berlin–Wien 1973 – Erweiterte Neuausgabe: Stuttgart 1984 – Taschenbuch-Ausgabe: dtv Nr. 11578, München 1992.

Über Ruhestörer. Juden in der deutschen Literatur. Serie Piper Nr. 48, München 1973. – Erweiterte Taschenbuch-Ausgabe: Ullstein Buch Nr. 3335, Frankfurt/M.–Berlin–Wien

1977. – Erweiterte Neuausgabe: Stuttgart 1989 – Abermals erweiterte Neuausgabe: dtv Nr. 11677, München 1993.

Zur Literatur der DDR. Serie Piper Nr. 94, München 1974.

Nachprüfung. Aufsätze über deutsche Schriftsteller von gestern. München 1977. – Erweiterte Neuausgabe: Stuttgart 1980. – Taschenbuch-Ausgabe: dtv Nr. 10226, München 1984. – Erweiterte Taschenbuch-Ausgabe: dtv Nr. 11211, München 1990.

Entgegnung. Zur deutschen Literatur der siebziger Jahre. Stuttgart 1979. – Erweiterte Neuausgabe: Stuttgart 1981 – Taschenbuch-Ausgabe: dtv Nr. 10018, München 1982.

Betrifft Goethe. (Zusammen mit der Rede des Kanzlers Friedrich von Müller von 1832) Zürich–München 1982 – Neuausgabe: Fischer Bibliothek, Frankfurt/M. 1995.

Nichts als Literatur. Aufsätze und Anmerkungen. Reclams Universal-Bibliothek Nr. 8076, Stuttgart 1985.

Lauter Lobreden. Stuttgart 1985 – Taschenbuch-Ausgabe: dtv 11618, München 1992.

Mehr als ein Dichter. Über Heinrich Böll. KiWi Nr. 109, Köln 1986. – Taschenbuch-Ausgabe: dtv 11907, München 1994.

Thomas Mann und die Seinen. Stuttgart 1987 – Taschenbuch-Ausgabe: Fischer Taschenbuch Nr. 6951, Frankfurt/M. 1990/1993.

Zwischen Diktatur und Literatur. Marcel Reich-Ranicki im Gespräch mit Joachim Fest. Fischer Taschenbuch Nr. 46206, Frankfurt/M. 1987 – Fischer Taschenbuch Nr. 12097, Frankfurt/M. 1993.

Herz, Arzt und Literatur. Zwei Aufsätze. Zürich 1987.

Thomas Bernhard. Aufsätze und Reden. Zürich 1990 – Taschenbuch-Ausgabe: Fischer Taschenbuch Nr. 11396, Frankfurt/M. 1993.

Max Frisch. Aufsätze. Zürich 1991 – Taschenbuch-Ausgabe: Fischer Taschenbuch Nr. 11397, Frankfurt/M. 1994.

Ohne Rabatt. Über Literatur aus der DDR. Stuttgart 1991 – Taschenbuch-Ausgabe: dtv Nr. 11744, München 1993.

Der doppelte Boden. Ein Gespräch mit Peter von Matt. Zürich 1992 – Taschenbuch-Ausgabe: Fischer Taschenbuch Nr. 11894, Frankfurt/M. 1994.

Günter Grass. Aufsätze. Zürich 1992 – Taschenbuch-Ausgabe: Fischer Taschenbuch Nr. 12254, Frankfurt/M. 1994.

Der romantische Prophet. Anmerkungen zu Friedrich Schlegels Literaturkritik. Heidelberger Universitätsreden; Band 5, Heidelberg 1993, und Jenaer philosophische Vorträge und Studien; Band 5, Erlangen und Jena 1993.

Die Anwälte der Literatur. Stuttgart 1994. Taschenbuch-Ausgabe: dtv Nr. 12185, München 1996.

Martin Walser. Zürich 1994. Taschenbuch-Ausgabe: Fischer Taschenbuch Nr. 13000, Frankfurt/M. 1996.

Vladimir Nabokov. Zürich 1995.

Die verkehrte Krone. Über Juden in der deutschen Literatur. Wiesbaden 1995.

Drei Reden. Sion 1995.

Ungeheuer oben. Über Bertolt Brecht. Berlin 1996.

Wolfgang Koeppen. Zürich 1996.

Der Unsinn auf unseren Bühnen oder ist Frankfurt überall? Stuttgart 1997.

Der Fall Heine. Stuttgart 1997.

Herausgegebene Bücher:

Auch dort erzählt Deutschland. Prosa von »drüben«. List-Bücher Nr. 170, München 1960.

Sechzehn Polnische Erzähler. rororo Nr. 524–525, Reinbek bei Hamburg 1962.

Erfundene Wahrheit. Deutsche Geschichten seit 1945. München 1965.

Notwendige Geschichten 1933–1945. München 1967. – Taschenbuch-Ausgabe: dtv Nr. 1528, München 1980. – Serie Piper 1613, München 1994.

In Sachen Böll. Ansichten und Einsichten. Köln 1968. – Dritte, erweiterte Auflage: Köln 1968. – Taschenbuch-Ausgabe: dtv Nr. 730, München 1971.

Gesichtete Zeit. Deutsche Geschichten 1918–1933. München 1969. – Taschenbuch-Ausgabe: dtv Nr. 1527, München 1980. – Serie Piper 1612, München 1992.

Anbruch der Gegenwart. Deutsche Geschichte 1900–1918. München 1971. – Taschenbuch-Ausgabe: dtv Nr. 1526, München 1980. – Serie Piper 1547, München 1992.

Erfundene Wahrheit. Deutsche Geschichten 1945–1960 (Veränderte Neuauflage). München 1972. – Taschenbuch-Ausgabe: dtv Nr. 1529, München 1980. – Serie Piper 1614, München 1995.

Verteidigung der Zukunft. Deutsche Geschichten seit 1960. München 1972. – Taschenbuch-Ausgabe: Deutsche Geschichten 1960–1980. dtv Nr. 1530, München 1980. – Serie Piper 1615, München 1995.

Frankfurter Anthologie. Gedichte und Interpretationen (bisher 21 Bände). Frankfurt/M. 1976–1998.

Ludwig Börne: *Spiegelbild des Lebens.* Aufsätze über Literatur, suhrkamp taschenbuch Nr. 408, Frankfurt/M. 1977. Erweiterte Neuausgabe: insel taschenbuch 1578, Frankfurt/M. 1993.

Klagenfurter Texte zum Ingeborg-Bachmann-Preis 1977, 1978, 1979, 1980, 1981, 1982. (6 Bände; Mitherausgeber: Humbert Fink und Ernst Willner). München 1977–1982.

Wolfgang Koeppen: *Die elenden Skribenten.* Aufsätze. Frankfurt/M. 1981. – Taschenbuch-Ausgabe: suhrkamp taschenbuch Nr. 1008, Frankfurt/M. 1984.

Meine Schulzeit im Dritten Reich. Erinnerungen deutscher Schriftsteller. Köln 1982. – Taschenbuch-Ausgabe: dtv Nr. 10328, München 1984. – Erweiterte Neuausgabe: Köln 1988. – Taschenbuch-Ausgabe: dtv Nr. 11597, München 1992. – Aktualisierte Taschenbuch-Ausgabe: dtv Nr. 12365, München 1997.

Alfred Polgar: *Kleine Schriften.* Band 1: *Musterung.* Reinbek bei Hamburg 1982. – Taschenbuch-Ausgabe: rororo 13506, Reinbek bei Hamburg 1994. Band 2: *Kreislauf.* Reinbek bei Hamburg 1983. Band 3: *Irrlicht.* Reinbek bei Hamburg 1984.

Band 4: *Literatur.* Reinbek bei Hamburg 1984. Band 5: *Theater I.* Reinbek bei Hamburg 1985. Band 6: *Theater II.* Reinbek bei Hamburg 1986.

Klagenfurter Texte zum Ingeborg-Bachmann-Preis 1983, 1984, 1985, 1986. (4 Bände; Mitherausgeber: Humbert Fink). München 1983–1986.

Hundert Gedichte werden vorgestellt. Eine zeitgenössische Auswahl aus der Frankfurter Anthologie. Gütersloh o. J. (1983).

Über die Liebe. Gedichte und Interpretationen aus der *Frankfurter Anthologie.* Insel Taschenbuch Nr. 794, Frankfurt/M. 1985.

Wolfgang Koeppen: *Gesammelte Werke* (6 Bände). Frankfurt/M. 1986.

Was halten Sie von Thomas Mann? Achtzehn Autoren antworten, Fischer Taschenbuch Nr. 5464, Frankfurt/M. 1986; Fischer Taschenbuch Nr. 12252, Frankfurt/M. 1994.

Erzählte Gegenwart. Zehn Jahre Ingeborg-Bachmann-Preis. München 1986.

Johann Wolfgang von Goethe: *Alle Freuden, die unendlichen.* Liebesgedichte und Interpretationen. Insel-Bücherei Nr. 1028, Frankfurt/M. 1987.

Romane von gestern – heute gelesen. Band 1: 1900–1918. Frankfurt/M. 1989. Band 2: 1918–1933. Frankfurt/M. 1989. Band 3: 1933–1945. Frankfurt/M. 1990. Taschenbuch-Ausgabe: Fischer Taschenbuch Nr. 13091 (Band I), Nr. 13092 (Band II) und Nr. 13093 (Band III), Frankfurt/M. 1996.

Horst Krüger – Ein Schriftsteller auf Reisen. Materialien und Selbstzeugnisse. Hamburg 1989.

Johann Wolfgang von Goethe: *Verweile doch.* 111 Gedichte mit Interpretationen, Frankfurt/M. 1992. Taschenbuch-Ausgabe: insel taschenbuch Nr. 1775, Frankfurt/M. 1997.

Wolfgang Koeppen: *Ohne Absicht.* Gespräch mit Marcel Reich-Ranicki in der Reihe »Zeugen des Jahrhunderts«, Göttingen 1994.

Hermann Burger: *Erzählungen.* Frankfurt/M. 1994.

Deutsche Erzähler des 20. Jahrhunderts. Von Arthur Schnitzler bis Robert Musil. Zürich 1994.

Deutsche Erzähler des 20. Jahrhunderts. Von Joseph Roth bis Hermann Burger. Zürich 1994.

1000 Deutsche Gedichte und ihre Interpretationen (10 Bände), Frankfurt 1994.

Rainer Maria Rilke: *Und ist ein Fest geworden.* 33 Gedichte mit Interpretationen. Frankfurt 1996.

Heinrich Heine: *Ich hab im Traum geweinet.* 44 Gedichte mit Interpretationen. Frankfurt 1997.

Frauen dichten anders. 181 Gedichte mit Interpretationen. Frankfurt 1998.

Bildnachweise

© A. Bellingrath, Wattmanngasse 58–60 / 6, A-1130 Wien: S. 55, 64
© Barbara Klemm, Böhmerstraße 52, 60322 Frankfurt am Main: S. 8
© Österreichisches Literaturarchiv der Österreichischen Nationalbibliothek: S. 27, 30, 37, 43, 49, 81, 99
© Votavafoto Wien: S. 68, 69, 71, 75

Der Verlag dankt insbesondere Frau Dr. Ingrid Schramm vom Österreichischen Literaturarchiv der Österreichischen Nationalbibliothek (Wien) für ihre freundliche Unterstützung bei der Bildrecherche.